遠いアメリカ

ShimPei
TokiWa

常盤新平

P+D BOOKS
小学館

目次

遠いアメリカ

若い女が頭にのせた小さなピンクの麦わら帽を片手でおさえながら、空色の長いスカートの裾をゆらゆらさせて走ってくる。帽子は、山の低いカンカン帽に似ている。角ばったその帽子をかぶっている女の顔はまんまるで、恥かしそうに笑っている。風変りな帽子をかぶることに自信がないのかもしれない。その姿はちょっとまた滑稽で、可愛らしくもある。昼前の人通りの少ない歩道で、彼女のハイヒールの小刻みな靴音が近づいてくる。

重吉は、エリーゼとガラスのドアに書いてある喫茶店の前で彼女を見ている。手の甲が着ているだぶだぶのスーツに半分ほどかくれて、ぼんやり立っているさまは、このあたりにそぐわない。にきびがぽつぽつ出ている彼の顔は、家を出るときに石鹸でよく洗ったのだが、もう汗と脂で光っている。

こんな日は、英語でいうと、ザ・ファースト・デイ・オブ・サマーだろうか、と重吉は思う。

夏の初日、というのはおかしいか、じゃあ、夏の第一日。並木のプラタナスの、手のひらに似た葉っぱの緑が一週間前よりもさらに濃くなったような気がする。

白いペンキで腕時計や柱時計、傘やラジオや蓄音機などを描いた、長くつづく黒い板塀が夏の第一日の日射しで黒光りしているようだ。その先にあるお寺の屋根の瓦がまぶしく見える。低い家並の上の澄んだ空に、白い蒸気のような雲が浮んでいる。

乳母車を押す、若い母親が黄色のパラソルをさしている。シャツの袖をまくりあげ、ネクタイをズボンのベルトがわりにした中年の男が煙草を喫いながら、仔犬を散歩させている。色がさめたような緑色の車体の電車が坂をあがってやってくる。

若い女が重吉の前で立ちどまる。

「この帽子、すぐに落っこちそうになるの」

と椙枝(すぎえ)は少し息をはずませて言い、暑そうに帽子をぬぐ。走ったからだろう、ひろい額と鼻の頭が汗ばんでいる。その汗と、涼しげなフリルのついた白いブラウスが彼女を稚(おさな)く見せる。

「似合うよ、その帽子」

と兄からもらったスーツを着る重吉が真面目に言う。

椙枝はうれしそうに白い歯を見せる。

「ご免なさい、おそくなって。お店が珍しく混んでいたの。土曜日のせいかしら」

彼女は重吉の眼の前に、クローバーから買ってきた小さな箱を持ちあげてみせる。椙枝の肩からハンドバッグの紐がいまにもずりおちそうだ。重吉はババロワのはいった箱を受けとり、そんなに待たなかったと言う。

「今日は誠志堂にたくさんあったからね」

椙枝は、彼がこわきにかかえた紙包みにちらりと眼をやって、また微笑を浮べ、彼の腕にそっと手をおく。彼女の指が細くて白い。

「よかったわ」

重吉は咽喉が乾いていて、冷いコーヒーかコカコーラを飲みたい、それに手も洗いたい。古本屋でペイパーバックや雑誌をいじったから、指が汚れている。

椙枝を誘って、エリーゼにはいると、外より暗い店内にテーブルが三つあって、客は誰もいない。左手のカウンターの奥で、主人らしい、蝶ネクタイを締めた老人がスポーツ新聞から顔をあげて、いらっしゃいと言う。カウンターにおいた縦長のラジオから、「トゥ・ザ・ビューティフル・テネシー・ウォルツ」とパティ・ページの甘い声が流れている。

椙枝が壁を背にしてすわり、重吉は冷いコーヒーを注文する。テーブルの上に、ケーキの箱と、誠志堂で買ってきたペイパーバックと雑誌の紙包みをのせる。重吉は手を洗いに奥の洗面室へ行き、もどってくると、椙枝が詫びるようにたずねる。

「ここで待っててくださる」

　重吉はあっさり頷く。

「本を読んでいるよ。時間だけはたっぷりある。ここで待ってる」

　彼女は眉をひそめるが、すぐに表情をやわらげる。一瞬、彼の言葉を皮肉か僻みととったのかもしれない。

　お待ちどおさま、と老人がアイスコーヒーをお盆にのせて、テーブルにはこんでくる。二人はミルクを注いで、甘すぎる冷いコーヒーをストローで啜る。

「ねえ、ハンバーガーって知ってる？」

　と重吉はコーヒーを啜るのをやめて、ふと思いついたように訊く。

「ハンバーグのことなの」

　と椙枝は怪訝そうにまじまじと彼の顔を見る。

「いや、ハンバーガーだ。ゆうべ、探偵小説を読んでいたら、出てきた。私立探偵がロサンゼルス郊外のコーヒーショップでお昼にこいつを食べている。どんな食べものだろうと、辞書を引いてみたら、ハンバーグ・ステーキとしか出ていない。どうも、ちがうような気がするんだ」

「ハンバーグの間違いじゃないかしら」

と椙枝は無邪気に言う。

「間違いじゃない。探偵がそのハンバーガーを一人で食べてるところが、なんだか侘しい感じがするんだ」

「牛肉のハンバーグだったら、私にはご馳走だけれど」

椙枝はくすりと笑い、またコーヒーを啜る。重吉も釣られたようにコーヒーを飲む。ラジオの音楽はいつのまにか「裸足の伯爵夫人」に変っている。

椙枝が柱時計を見て、もう行かなければと言い、となりの椅子においた帽子をかぶり、ハンドバッグを肩にかけ、ババロワの箱を手にとって立ちあがる。重吉は彼女を見あげて、微笑をおくる。

それはあるいは苦笑かもしれない。二人のあいだでは、よくこういうことがある。十五分ほど前に、六本木の街角で彼女を待っていたように、重吉は渋谷や銀座や八重洲口の喫茶店でたいていペイパーバックか雑誌を読みながら、椙枝が来るのを待っている。いま、彼には時間が無限にある。時間がじつにのろのろと過ぎてゆくような気がしてならない。

椙枝はクローバーの名物であるババロワのお通しを俳優座劇場に届ける。今日のマチネに端役で出ている友人に。椙枝も彼女の友人もこの春、俳優座養成所を卒業したばかりで、それぞれちがう小劇団にはいっている。

「あとでね」

椙枝は顔を近づけて、重吉の耳にそう囁くと、ドアを押して、明るい外に出てゆく。重吉は彼女の脚に眼を走らせるが、それは一瞬のうちに見えなくなる。

椙枝にかぎらず、女の脚を見るのは、重吉の癖になっている。いつごろからそんな癖がついたのだろう、街を歩いていても、自分の前を行く女やすれちがう女の脚を自然に見ている。俯きかげんに歩いているからだけではないだろう。たしかに、椙枝といっしょにいるとき以外は、俯いて歩いている。

重吉がふりかえって、カウンターに眼をやると、スポーツ新聞をぼんやり見ていた老人は気づき、老眼鏡の上からこちらを見て、どうぞごゆっくりと大きな声で言う。ありがとうと重吉は呟いて、紙包みの紐をほどく。

包紙はアメリカの大きなサイズの雑誌をばらしたものだ。「ヴォーグ」や「ハーパーズ・バザー」といったファッション雑誌をばらして、包紙にしている。その紙包みを開くとき、重吉はかすかな興奮をおぼえる。

紙包みのなかにはいっているのは、古本屋に積んである、安い、うす汚れたアメリカのペイパーバックや雑誌なのだけれど、そこに自分の未来が詰まっているような気がして、胸がわくわくしてくる。その未来がはなはだ頼りないことを知ってはいても、そのときだけは一人でにやにやしたくなる。

紙包みを開くと、表紙の汚れたペイパーバックを四冊並べた下に、雑誌が一冊。ペイパーバックの二冊はアームド・サービセズ・エディションといい、横長の、いわば兵隊文庫である。GIたちが前線で読み捨てた、このペイパーバックが、戦争が終ってもう十年になろうとしているのに、東京の古本屋に出まわっている。それらはたいてい一冊十円か十五円で、洋書を扱っている古本屋の店先においてある。

重吉は兵隊文庫を何十冊も持っているが、読んだものは少ない。大学の英文科を出て、いまは大学院に籍があっても、読むのに骨が折れる。眼の前にあるマイヤー・バーガーの『八百万人——ニューヨーク通信員日記』にしてもポール・ギャリコの『スポーツよさらば』にしても、いつになったら読めるようになるか、自分でもわからない。

重吉はバーガーとギャリコのページをめくってみてから、溜息をつく。もう二冊のペイパーバックは、近ごろ買うようになったゴールド・メダル・ブックという、ニューヨークのペイパーバック出版社のものだ。

一冊は、表紙が、海辺で赤いガウンを着た若い女が倒れている写真で、ガウンがまくれて、白い下着が見える。『淋しい海辺の女——有名なスター・フェイスフル殺人事件の真相』という題名から察するに、たぶん、女は死んでいるにちがいない、きっと殺されたのだ。著者はフレッド・J・クック、もちろん、重吉はこの著者を知らない。

もう一冊の表紙の絵は前面に、追いつめられて、手を上げた男がいる。茶色の上着に濃茶のシャツを着ていて、おそらく凶悪犯人だろう。そのうしろに、マシンガンを発射している、白いシャツにダーク・スーツの男。男の胸ポケットからハンカチーフが覗いているのが可笑しい。

その男の横、というよりも、後方に、女が椅子にすわり、脚を組んでいる。その脚はほっそりとして、ハイヒールをはき、臙脂のショート・スカートだから、太腿が少し見える。彼女は左手を腰にあてがい、腿に肘をついた右手は煙草を持ち、絹らしい白のブラウスの、大きく開いた襟のあいだから、豊かな乳房が見える。髪はプラチナ・ブロンドで、黒いベレー帽をななめにかぶっている。かなりの美人。重吉はベティ・デーヴィスに似ているな、と思う。もしかしたら、ベティ・デーヴィスより綺麗かもしれない。

アラン・ハインドの『俺たちは民衆の敵』という犯罪実話だ。この書名の下に、「民衆の敵」の名前が小さな活字で並んでいて、重吉は眼で追う。ジョン・ディリンジャー、プレティ・ボーイ・フロイド、バロー兄弟、ボニー・パーカー、マー・バーカー、アルヴィン・カーピス。ゆっくりと読んでみるが、もちろん椙枝はまだもどってこない。

重吉にとって、ディリンジャーやボニー・パーカーなどはまだ謎の存在である。ハインドが犯罪実話の書き手であることは知っている。ハインドのものをペイパーバックで何冊か持っている。

重吉はこの二冊の表紙を見ながら、また溜息をつく。ズボンのポケットからピースとマッチをとりだし、一本抜いて火をつける。今日はじめての煙草だ。煙草を喫いすぎると、胸が焼けて、にきびも増えるような気がするので、一日に一箱と決めている。

この二冊は親父には見せられない、と重吉は思いながら、煙を吸いこみ、それからおもむろに煙を吐きだして、苦笑を浮べる。父から見れば、こういうペイパーバックは書物ではない。ごみ箱に捨てる屑だ。父に怒鳴られた夜を思い出す。

「なんだ、こいつは」

と父は、重吉の机においてあるヘミングウェイの『武器よさらば』と『日はまた昇る』のペイパーバックを見て、眼を三角にしている。上京して、重吉の家に立ち寄った父が怒ったのは、無理もないかもしれない。『武器よさらば』の表紙は、男が胸もあらわな女を抱いた絵だし、『日はまた昇る』の表紙のほうは、酒瓶を前にして、主人公のジェーク・バーンズが深刻な顔をして考えこんでいる。ジェークはシャツ姿で、胸がはだけて、黒々とした胸毛が見える。

「おい、重吉、これが文学か」

息子が大学院で真面目に英文学を勉強していると信じている父はそう言うけれども、父に文学がわかるわけがない。たぶん、父は小説なんか一冊も読んだことがないだろう。重吉は本を読んでいる父の姿を一度も見たことがない。

「そんな下劣なものを読ませるために、おまえを大学院にまで行かせたんじゃない。さあ、早く捨ててこい」

こういうときは、重吉は無言をつづける。父にヘミングウェイがアメリカの偉大な作家であること、近い将来にノーベル文学賞をもらえるかもしれないことを説明したところではじまらない。そして、捨ててこいと言われても、渋谷百軒店（ひゃっけんだな）のごみごみした古本屋でせっかく買ってきたものを簡単に捨てることはできない。父も重吉が捨てないことを知っている。いつまで親の脛を齧る気だ、などということも父はけっして言わない。もしかしたら、父は重吉に十分な仕送りをしていないので、引目（ひけめ）を感じているのだろうか。

重吉は四冊のペイパーバックを重ね、煙草を灰皿でもみ消し、ほんとうはアイスト・コーヒーと言うのにと思いながら、氷がみんなとけて水になったのをストローで啜る。眼が自然に「ハーパーズ・バザー」のほうへ吸いよせられる。一九五四年四月号。去年の春。スージー・パーカー。

ミドナイト・ブルーのスーツを着たスージー・パーカーが上体を曲げて、腰の曲線美を強調し、小首をかしげて、腰に手をあて、微笑を浮べている。山がとんがっている、ふわふわした帽子をかぶっている。

重吉はスージー・パーカーという名前がまず好きだ。単純明快な名前で、しかも、美女にふさわしい名前である。彼女の写真を撮るのは、かならずリチャード・アヴェドンと決まっていて、重吉はこの写真家も気に入っている。けれども、アヴェドンは Avedon の正しい発音なのかどうかわからない。アヴドンともエヴドンとも読めそうである。

スージー・パーカーを見ていると、いつもそうなのだが、いまも時間がたつのも忘れている。彼女を見ているうちに、重吉はペニスがしだいにかたくなってくるのを感じる。オードリー・ヘプバーンやマリリン・モンローを見ても平気なのだけれど、スージー・パーカーは上品な洗練されたドレスで躰を隠せば隠すほど、彼女の繊細なはだかが見えてくるような気がする。

重吉は彼女を知って、もう一年以上になる。いま住んでいる高田馬場の家に移ってまもないころ、その近所の古本屋で見かけている。そこにはいまも古い「ハーパーズ・バザー」や「ヴォーグ」や「エスクァイア」といったアメリカの雑誌が店先に積んである。

重吉は家からほんの四、五分のその古本屋に毎日のように出かけていって、一冊ずつ買ってくる。一冊五十円。

古本屋は左右の入口からはいるようになっていて、店の左右とまんなかに棚があり、奥行は五メートルぐらいだろうか、だから小さな店で、いつ行っても客がいない。中年の夫婦が交代で店番をしていて、どちらも無口で、重吉もほとんど口をきいたことがない。

古本屋の主人は色の浅黒い面長の男前で、おかみさんのほうは色白の、顔は大きいが、まあ、美人で、旦那より明るい感じがする。けれど、二人ともなんとなく世をはばかる風情があって、重吉も自分が場ちがいな感じはしない。

店は小さいが、夫婦とも本をよく知っているのか、文芸書を中心に、重吉から見れば、しっかりした、かたい本が書棚に並んでいる。そこに、店先とはいえ、アメリカの雑誌が積んであるのは、重吉には不思議に思われる。米軍やその家族が捨てていったとは想像がつくけれども、それがどうして高田馬場あたりの古本屋まで流れてくるのか。「ハーパーズ・バザー」と「エスクァイア」を買ったりする客は、重吉以外にいないようだ。

重吉は「ハーパーズ・バザー」の目次を開いてみる。このファッション雑誌には一流作家や詩人のエッセーが載る。

「サルトルやカミュなんかが載るから、僕は『ヴォーグ』や『ハーパーズ・バザー』を買うの」

そう言ったのは、重吉にときどき下訳の仕事をくれる遠山さんだ。詩人をポーエットと言ったり、喫茶店ではミルクティーしか飲まない、気障な人だけれど、重吉をわりに可愛がってくれている。相枝を重吉に紹介したのも、養成所で教えていた遠山さんだし、重吉が「ヴォーグ」や「ハーパーズ・バザー」の名前をおぼえたことも、遠山さんがいなかったら考えられない。
「ハーパーズ・バザー」の目次を見ても、重吉の知っている執筆者が出ていないので、さらにページをめくると、スージー・パーカーが頸飾りの広告のモデルになっている。テーブルに肘をつき、にぎりしめた手を顎にあてがい、顔をなかば横に向けながら、眼はこちらを見ている。形のいい耳には耳飾り、頸には頸飾り、そして腕にはいくつもの腕飾りをつけている。二の腕にも一つ腕飾りをしているが、ごてごてした感じはなく、すっきりした印象をあたえる。顔の輪郭もすっきりしていて、お色気はないが、いかにも都会の女らしい。

ドアを乱暴に開ける音がして、大柄な男がはいってくる。アロハシャツの胸もとから茶色の胸毛がとびだしているアメリカ人が、重吉の前を通り、奥のテーブルにすわる。大男だから、小さな籐の椅子がぎしぎしいって、つぶれそうだ。竜土町の基地からやってきたアメリカ兵だろうか。

白人は、コカコーラを飲みたいと英語で言う。髪が褐色で、前に投げだした足にはいている靴がいやに大きく見える。狭い店だから、ばかでかい靴がいっそう眼につく。

カウンターの老人はあわてるようすもなく、無言でうなずき、コップに氷をいくつか入れると、コカコーラの瓶といっしょにお盆にのせて、白人のテーブルに持ってくる。むしろ、テーブルを一つおいたところから白人を見ている重吉がどぎまぎして、ペイパーバックと雑誌を急いで紙に包みはじめる。

髭の剃りあとが逞しく見える白人は、シャツのポケットからラッキー・ストライクをとりだし、四角な銀色のライターで火をつける。ライターの蓋を閉めるとき、パチンという金属的な音がする。

老人は黙ってコップにコカコーラを注ぐ。まだ二十代と思われる白人はうれしそうに、ありがとうと英語で言い、コカコーラをぐっと飲み、瓶のコカコーラを自分で注ぎたす。老人がカウンターにもどると、白人は老人になにやら尋ねる。

重吉は、白人がハンバーガーと言ったような気がする。カウンターの老人は白人の顔をじっと見ながら、首をふる。すると、白人はにこにこしながら、英語で話す。ブレッド（パン）とかビトウィン（あいだ）とかハンバーグとかいった単語が重吉の耳にはいる。老人はまた首をふり、白人は諦めたように、ザッツオーライ（いいんだ）と言い、コカコーラを飲む。

白人が来て、店のなかが明るくなったようである。重吉が見ているのに気がついたのか、顔をこちらに向けて、にやりとする。歯がまっしろで、だから、思ったより若いのかもしれない。釣られたように、重吉もにっこりするけれど、自分では卑屈な笑いのような気がする。

ようやく、椙枝がエリーゼにもどってくる。また、ご免なさい、と重吉に言うが、白人を見かけて、ちょっと驚いている。白人は椙枝にも笑いかけるので、椙枝はかるく会釈する。彼女の、そういう物怖(ものお)じしないところが、重吉は好きだ。

「出ましょうか」

と立ったままで椙枝が言う。重吉はうなずいて、立ちあがり紙包みを抱え、勘定を払う。

「さよなら」

と椙枝が白人に日本語で挨拶すると、相手も日本語でさよならと手をふってみせる。重吉は黙って店を出る。

外に出ると、椙枝はからかうように言う。

「恥かしがらなくてもいいのに。あなたはいつも恥かしがってばかり。ずるいわ」

重吉は何も言えないで、遠くの溜池(ためいけ)のほうに眼をやる。さっきより暑くなったようだけれど、空気が乾いているのか、上着をぬがないでもすむ。ルノーのタクシーが猛烈なスピードで六本木の交差点を狸穴(まみあな)のほうへ走り去る。

「今日は夜までいっしょにいられるわ」

と椙枝が言う。

「お食事をして、それから映画を観ない？　『七年目の浮気』。私、マリリン・モンローを見たいの。あの女優さん、可愛らしいわ」

重吉は承知する。空腹だったし、それに『七年目の浮気』も観たい。

八重洲口へ行くバスを待ちながら、重吉はつぶやく。

「人と口をきくのは二日ぶりかな」


「マリリン・モンローがとてもよかったわ。不思議な女優さん」

と相枝が重吉に言う。二人は有楽町の映画館を出て、銀座のほうにぶらぶら歩いている。土曜日なのに、映画館でちゃんとすわれたことで、重吉は『七年目の浮気』はよかったと思っている。一回目の上映がちょうど終るころに行ったのがよかったらしい。

「だって、彼女の地なのか演技なのか、わからないでしょう」

と相枝は感心したように言いつづける。

「どこにもいない女優さんじゃないかしら。アメリカに、ハリウッドにだけいる女優さん。そう思わない」

彼女の質問に重吉はうなずいてから、地下鉄の通風孔の上で、モンローのスカートがさっと舞いあがるシーンがよかったと言う。もしかしたら、あのシーンは一生忘れないのではないかと思う。

重吉はもう一つのシーンも忘れられないだろう。

「あのトム・イーウェルの部屋に本箱があったね。あのなかにペイパーバックがぎっしり詰まっていた。イーウェルがペイパーバック出版社の副社長だから、ペイパーバックがあって不思議はないけれど、それでもびっくりした」

「どうして」

と相枝にきかれて、重吉はなにげなく遠くの服部の時計台に眼をやると、もう二時を過ぎている。それで、映画がおもしろくて、時間があっというまにたってしまったことに気がつく。

「アメリカ映画で、部屋の本棚に本が並んでいるのを見たことがないからさ」

と重吉はいきおいこんで答える。

「革表紙の本がずらりと並んだ書斎なんかで、重役とか弁護士とか医者とかがしゃべっているのは見たことがあるけれど、ベストセラーのような普通の本が本箱に並んでいるのは、お目にかかったことがなかったんだ。まして、ペイパーバックなんて――」

「そういえばそうだけれど」

と相枝は呟くが、それは映画と関係のないことではないか、と言っているようにも重吉には聞こえる。

「そういうことに気がつくのは、あなたの部屋が本であふれているからね」

「それはそうだけれど、アメリカ映画には小道具に本が出てくることがめったにないから、アメリカ人は本当に本を読むのかなあって思うことがある」

椙枝は重吉の話がおかしいのか笑いだす。二人は数寄屋橋の交差点をわたる。銀座へ来たときは、たいてい電通通りと五丁目の角に近いミカサで、食後にアイスクリームが出る百円のカレーライスを食べるのだけれど、今日は二人ともお金がある。

並木通の一つ手前を右に折れて、牡丹園にはいる。店はすいていて、二人は隅の席に向いあってすわり、冷しそばを注文する。牡丹園もミカサも椙枝がはじめて案内してくれた店だ。そのほかに、椙枝が連れていってくれたレストランが一軒、スイスというのが六丁目かにある。牡丹園では夏以外は焼きそばを食べるし、二人は焼きそば以上に、ここの冷しそばが気に入っている。重吉は、牡丹園の冷しそばのたれに酢がはいっていなくて、しかも辛くないから好きだ。

冷しそばが来るのを待つあいだ、帽子をぬいで、椙枝がたずねる。

「『七年目の浮気』の舞台はニューヨークでしょ。ビリー・ワイルダーっていかにもニューヨークの感じがするわ。でも、こんなことを言うと、生意気に聞こえるかしら」

生意気にも平凡にも聞こえるよと重吉は言いたいが、黙ってにやにやする。こういうことを言うところは、椙枝が背伸びしているせいかもしれない。彼女はこの春に二十歳になったばかりだ。重吉は二十四歳。

「何かで読んだんだけれど、モンローの白いスカートが舞いあがって、下着が見えるシーンは、場所がレキシントン・アヴェニューというんだそうだ」

そんなことを言わなくてもいいのにと思いながら、重吉はつい口にしてしまう。誰でもいいから、読んだことを話したかったのにちがいない。レキシントン・アヴェニューを知らなくたって、いっこうにかまわないのだ。

「レキシントン・アヴェニューは五番街から遠いのかしら」

と椙枝がやさしく言ってくれる。けれども、椙枝は重吉と同じく五番街がニューヨークのどこにあるかも知らないだろう。アメリカの探偵小説を翻訳している遠山さんは知っているかな。知っているとしても、地図の上でのことだろう。

「私、はらぺこ」

と椙枝がささやく。重吉は彼女を子供っぽいと思う。そのとき、ふとったウェイトレスが冷しそばをはこんでくる。椙枝は芥子(からし)の容器を重吉のほうへよこして、自分のそばに酢をかけ、重吉は芥子を皿にとると、その容器を椙枝のほうにやって、おずおずと、しかし、うまそうに食べはじめる。テーブルクロスが真白で、店のなか全体も白く清潔な感じがする。重吉がいつも食事をとる高田馬場界隈(かいわい)とは大ちがいだ。

食べているあいだ、二人はほとんど口をきかない。はじめは食事をしてから、映画を観るつもりだったが、映画を先にしようということになって、いま、空腹をみたすために、ときどき顔を見合わせるだけで、冷しそばを食べている。

　重吉のほうが早く食べおわると、お茶を一口飲んで、椙枝に話しかける。

「そういえば、ダニー・ケイの『虹を摑む男』を僕は高校を卒業するころ、仙台で観ている。ダニー・ケイも出版社に勤めてたんじゃなかったかな。それも、ペイパーバック専門の出版社だった」

「相手役がヴァージニア・メイヨで、ダニー・ケイの夢のなかに、彼女がお姫さまになったり、酒場の女になったりして、かならず出てくる映画でしょ」

　椙枝も皿の冷しそばをきれいに食べてしまっている。よく食べる女だけれど、重吉と同じようにちっともふとらない。

「そう」

　と重吉は言う。

「色彩がなんだか派手で、ヴァージニア・メイヨがすごく綺麗に見えた。彼女、それまでは悪女役だったのに、きっとダニー・ケイとの組合わせがよかったんだね。そのヴァージニア・メイヨが『七年目の浮気』のマリリン・モンローじゃないのかな。しかも、どちらの男も出版社勤務で、それもペイパーバック出版社だ」

　ダニー・ケイもトム・イーウェルもいろいろと妄想を抱くのはなぜだろう、と重吉は思う。

重吉もその点では、年齢こそ若いが、同類で、彼の夢想のなかにはスージー・パーカーが水着姿や、奇妙なことに着物姿で現われる。『虹を摑む男』にペイパーバックの表紙につかうどぎつい絵のシーンがあったことを重吉は思い出す。あんな表紙ばかり毎日見ているから、妄想を抱くのか。

二つの喜劇映画の主人公がどちらもペイパーバック出版社に勤めているのは、偶然の一致にしてはできすぎている。『虹を摑む男』では、男は母親に、『七年目の浮気』では男が女房に支配されている。当然、妄想のなかでは、二人とも男らしい男、男のなかの男になる。

相枝がこちらを見ていることに、重吉は気がつく。その眼は、どうしたのと訊いているかのように大きく見ひらかれている。きっと重吉はへんな顔をして、考えごとをしていたにちがいない。

「コーヒーを飲もうか、コロンバンで」

と重吉は誘ってみる。

「何を考えていたの」

と牡丹園を出たときに、相枝がたずねる。

「何か心配ごとでもあるみたいな顔だったわ」

いや、心配ごとなんかないと重吉は答えるが、彼女の言うとおりだという気もする。つまらないことを考えて、大事なことを考えるのを避けているようだ。たとえば、大学院のことや就職のことや翻訳のことや結婚のことなど。

重吉は相枝といっしょに、五丁目を左に曲り、銀座通りに向いながら、前途がはなはだ暗いことに眼をつぶろうとする。土曜日の午後だから、すれちがう人たちの顔がみんなほっとしているようで、いまにも笑いだしそうに見える。街そのものがはなやいで、陽気な話し声や足音があたりに浮きうきした雰囲気をつくりだしている。

相枝の足どりがその雰囲気に影響されて、いっそう軽くなったように思われる。しかし、並んで歩きながら、彼女が重吉の手や腕に触れてくるということはないし、寄りそうようにして歩くということもない。知りあってまもなく、彼女が重吉に躰をゆるしたことが意外に思われる。はじめていっしょに寝たあとの相枝の顔を重吉は忘れないだろう。十九歳の娘が急におとなびて、しかもかなしそうに見えたとき、重吉は後悔に似た気持を味わっている。

「どうして黙ってしまったの」

と相枝がたずねる。まっすぐにかぶっていた帽子がいまはちょっと傾いていて、重吉は低い声で笑う。

「この帽子、そんなにおかしいかしら」

「そんなことはない。僕は好きだ」

コロンバンでは、二人はミルクティーを飲む。遠山さんの真似ね、と椙枝が言う。二階の店の大きな籐椅子と籐のテーブルが古風で、いまどき珍しい。奥の壁が鏡になっていて、なかは薄暗く、いつ来ても客が少ないので、さびれた感じがする。外がどんなに賑やかであっても、ここだけはひっそりとしているようだ。

「この喫茶店、まもなくつぶれるんじゃないかな」

と重吉は薄暗い、広々とした店のなかを見まわして、ひとりごとのように言う。

「私もそう思うの」

と椙枝があいづちを打つ。

「だって、もう時代遅れだわ。静かな、落ちついた喫茶店だけれど……こんなお店でコカコーラを飲むなんて似合わないでしょう」

この喫茶店がつぶれたって、昭和三十年にこういう上品な、戦前からつづいているような喫茶店があったことなど、すぐに忘れられてしまうだろう。重吉はそう言いたいけれど、これは遠山さんの言いそうなことなので、椙枝には黙っている。もっとも、遠山さんなら、一九五五年と言うかもしれない。

コロンバンを出ると、外はまだ暑いし、見あげると、空がまっさおだ。上着をぬいで歩いている男たちを見かける。女たちはたいてい半袖のブラウスかワンピースで、彼女たちの躰の線がよくわかる。夏服を着た女たち。そんな題名の短編小説があって、重吉はいつかこのアメリカの小説を翻訳してみたいと思っている。それを読んだのは去年の夏で、そのころは重吉も椙枝とそんなに親しくはなっていない。

イエナ書店にはいると、椙枝が背伸びするように重吉に耳打ちする。

「小西得郎さんよ」

左手の、雑誌が並んでいる棚で、ソフトをかぶった小柄な、小粋な紳士が野球の雑誌らしいのを二、三冊手早くつかみとって、奥のレジスターのほうへ行き、カウンターに千円札を一枚投げだす。そのようすが羨しくなるほど鮮やかだ。重吉は、雑誌をこわきに抱えて足早にこの洋書店を去っていく、いまはラジオで野球の解説をする元松竹ロビンス監督を見おくる。

「なんと申しましょうか、ハンサムなおじいさん」

と椙枝が言って、くすりと笑う。

重吉がイエナで本を買うことはめったにない。欲しいペイパーバックや雑誌がほとんどないからだが、高くて手が出ないということもある。二十五セントのペイパーバックが百二十円、五十セントのが二百四十円ではとても手が出ない。古本屋なら二十円から五十円で手にはいるし、それに古本屋のほうが点数がはるかにたくさんある。

それでも、重吉はペイパーバックの棚を眺める。どの本も、さっき六本木で買ったペイパーバックの表紙の絵と似たり寄ったりで、みんな拙劣な絵だと思うけれど、そういう表紙が読者の空想をかきたてるのだろう。

シグネット・ブックスでテネシー・ウイリアムズの『ストーン夫人のローマの春』とジェイムズ・ボールドウィンの『山にのぼりて告げよ』、アーウィン・ショーの『若き獅子たち』などがあるけれど、重吉は渋谷百軒店の古本屋でみんな安く買っている。

今日はポケット・ブックスが多い。レイモンド・チャンドラーの『湖中の女』や『長いお別れ』、それにエヴァン・ハンターの『暴力教室』など。バンタム・ブックスではジョン・オハラの『ファーマーズ・ホテル』やジョン・ロス・マクドナルドの『わが名はアーチャー』と『犠牲者は誰だ』。

シグネットとかバンタムとかポケットというのはいわば銘柄である。古本屋でペイパーバックを買い集めているうちに、重吉はいつのまにかほかにもポピュラー・ライブラリーとかエーヴォン・ブックスとかいった名前をおぼえ、いまはライオン・ブックスという、シグネットやバンタムやポケットにくらべると点数も少なく、地味なペイパーバックを集めるともなく集めている。

ペイパーバックの銘柄なんてどうでもいいことだと思いながら、ヘミングウェイがバンタム・ブックスにはいっていることや、ミッキー・スピレインがシグネット・ブックスであることを知って、うれしい気分になるのはつまらないことだ。そんな銘柄を意識しないで、どんどん読めばいい。ペイパーバックはアメリカでは読み捨てだと聞いているし、一回読めば、綴がひどくて、ページがばらばらになりそうなものを彼らがいつまでも保存することはないだろう。

重吉は汚れたペイパーバックを足でうっかり踏みつけたことがある。本を足で踏んだのはそのときが生れてはじめてだったが、べつに悪いことをしたと思わなかったという記憶がある。アメリカ製のペイパーバックなんか踏んづけたって蹴とばしたって、罰が当らないだろう。あの兵隊文庫など書物の神聖なところがまったく欠けている。

イエナ書店を出るとき、重吉は三、四人の男が集まっている、入口に近い、ボディビルやレスリングの雑誌が並んでいるところに眼を走らせる。椙枝もいっしょにそのほうを見る。

「知ってるかい」

と重吉はにやにやしながら言う。

「あそこにいる連中はホモが多いんだって」

「あの人たちが」

と椙枝はもう見えないはずなのに、わざわざふりかえる。

「僕にはわからないけれど、彼らを見ていると、やっぱりそうなのかなあと思うよ」

「英語が読めなくても、いいわけね」

重吉は苦笑いをする。ボディビルの雑誌と「ハーパーズ・バザー」とは同じなのではないかという思いがふっと彼の頭をかすめる。重吉がスージー・パーカーによって性的な刺戟を受けるように、彼らも逞しいボディビルダーたちを見て興奮するのではないか。相枝を知ったから、重吉もそういうことが苦痛なく理解できる。

二人は四丁目に逆もどりして、三原橋の書店に行く。いつものコースだから、相枝は黙ってついてくる。あなたって本当に本が好きなのねえとときどき言うだけだ。そうじゃない、ほかにすることがないんだ、と重吉は言いたいけれど、それを口にするのがためらわれる。彼と同年齢の男たちはたいてい就職して、一人前になりつつあるのに、自分が早くも落伍者であることを認めないわけにいかない。

三原橋のたもとに、小さな書店がある。そこにたまたまはいったとき、アメリカの雑誌が店の一角においてあって、そのなかに「シアター・アーツ」という芝居の雑誌を見つけてから、重吉は銀座に来ると、ここに立ち寄る。「シアター・アーツ」も魅力だが、重吉はこの店の帳場にすわる中年の美女に会いたいのかもしれない。このおばさんとも口をきいたことはないけれど、重吉が「シアター・アーツ」と代金を差しだすと、彼女はにこやかに迎えてくれる。

彼女が美しいことは、相枝も認める。整った顔だちで、眼が大きく、薄化粧がさわやかに見える。しかし、今日は彼女はいないし、「シアター・アーツ」も入荷していない。軽い失望を感じながら、重吉は三原橋から下の流れを見おろす。きたない川、と椙枝がつぶやく。西のほうに眼をやると、有楽町のガードがけむったように見える。その先の右手に日活のビル。

四丁目のほうに再びもどりながら、重吉は話す。

「学生のとき——大学三年のときだ——闇の真珠の売買の通訳をしたことがあるんだ。日活ビルのなかの会社に真珠を売るんで、ついて行ったんだけれど、僕はひとことも英語をしゃべらなかった。先方に英仏独がペラペラという外人がいて、そいつが全部通訳する。あんなに恥をかいたことはなかったなあ。あれは真珠の密売だったかもしれない。真珠が大きいのや小さいのや、バラで何万個もあった」

「それで、お金はもらったの」

「帰りに千円くれた。僕を通訳に雇ったおじさんがね」

「通訳してあげればよかったのに。恥かしがるのはいけないことよ。……若いんだから……」

「わかってるよ。でも、しゃべるのは、僕には無理だ。それに、懲りた」

二人は数寄屋橋に引きかえして、そこからバスで東京駅に出る。八重洲口から地下道を通って、丸の内側に出ると、また高田馬場まで関東バスに乗る。

重吉はぎょっとなって目がさめる。何かに追いつめられたという夢を見たわけではないが、気持としてはそんなところだ。寝床の横にアラン・ハインドの『俺たちは民衆の敵』が投げだしてある。ボニー・パーカーの章を読みかけて眠ってしまったらしい。女だてらにウィスキーを飲み葉巻を喫い、平気で人を殺すボニー・パーカーが書いた詩を途中まで読んだのはおぼえている。

その詩は、彼女の死後、ダラスの新聞に載った「ボニーとクライド」という。まだ若いボニー・パーカーと夫のクライド・バローはFBIと地元警官隊が待ち伏せているなかへ突っこんでゆき、蜂の巣だらけになって殺されたのだが、その前に彼女は死を予感して、詩を新聞社に郵送していたらしい。

重吉が読んだかぎりでは、アラン・ハインドは二人を極悪人として捉えているが、ボニー・パーカーの詩には、死を覚悟したいさぎよさとかなしみがある。「この道は仄暗く、道しるべもない」や、「道はますます細くなるばかり」といった行はセンチメンタルだけれども、あばずれのボニー・パーカーは自分の前途をこのように暗く見ていたにちがいない。彼女が短い生涯の最後を生きた一九三〇年代は不況の時代である。ボニー・パーカーもクライド・バローも職業として犯罪を選んでいる。

ふと、デスペレートという言葉を思いうかべる。絶望的であり、必死であり、やけくそであることだ。朝起きたとき、いつもちょっとそんな気分になっている。犯罪者ではないけれども、犯罪者の心情になっていて、日一日と追いつめられていくような気がする。

大学を出ても就職するつもりもなく、昨年の春、大学院にすすんだが、一学期の前半だけ真面目に教室に通ったにすぎない。今年は真剣にやろうと決心したのだが、五月中旬から顔を出さなくなっている。専攻するつもりだったイギリスの詩が重吉の肌に合わないというか、柄に合わないというか、興味があまりわいてこない。

重吉がさぼりつづけていることを知らない父は、息子がいずれは大学の教授になるだろうと期待している。それでも、父は重吉に妥協したつもりでいる。福島県の城下町の税務署長で定年になった父にとって、重吉が希望した私立大学など大学ではなかったにちがいない。東大の経済学部や法学部を卒業した若い上司に禿頭を下げつづけてきた父にとって、大学は東大である。戦争が終って十年になるのに、この父は東大を帝大と言っている。父がチョビ髭をはやしたのも、小役人の精一杯の背伸びだったのだろうか。

いま、税理士をしているこの父が大学院の息子に毎月仕送りをつづけるのは、容易なことではあるまい。それに、父にとっては大いに不本意なことでもあろう。息子が母校の助教授か教授にでもなれば、父はかろうじて満足するだろうけれど、元下級官吏の小倅（こせがれ）のほうは情ないことに、もうその気はない。重吉が大学院に行かないで、毎日のらくら暮していることを知ったら、父はまずがっかりして、それから裏切られたことに激怒するだろうし、ずいぶん身勝手な息子だとあきれることだろう。

三回目か四回目かのイギリス人の詩の講義にはじめて出席した四月末の出来事を思い出すたびに、重吉の顔がひとりでに赤くなる。毎回かならず出席をとるその年老いたイギリス人の教師はその日、重吉の名前を呼び、重吉がイエス・サーと返事をしたところ、びっくりしたように顔をあげ、重吉のほうを見て、にやりとし、ザ・ファースト・タイム？ とたずねたのである。

たしかにはじめて出席するのだから、重吉が再びイエス・サーと答えると、めりはりのきいたキングズ・イングリッシュを駆使するこのイギリス人はあいかわらずにやにやしながらたずねる。

「アンド・ザ・ラスト・タイム？」

今日の講義に出席するのが最初にして最後で、あとはもう来ないのかときかれて、重吉は卑屈な笑みを浮べるしかない。しばらくたってから、ノー・サーと答えたのだが、なんとも間が抜けていて、教室の二十数人の学生がどっと笑ったのもいたしかたない。

以後、重吉は大学院に行くのをやめている。寝たいときに寝て、起きたいときに起きるという怠惰(たいだ)な生活を送っている。

いま、枕時計を見ると、午前九時。手を伸ばして、畳においた枕時計をとり、ネジを巻きながら、シーツになにげなく眼をやると、長いまっすぐな髪の毛が三本落ちている。枕時計をまた畳にもどして、髪の毛を拾い、アラン・ハインドの本のページにはさんでみる。

相枝の匂いは残っていない。それとも、煙草の喫いすぎで重吉の鼻は鈍感になっているのだろう。隙間だらけのこの家から彼女の匂いが逃げていったのかもしれない。

父が見つけてくれた家である。おそらく東京の知人に頼んで、ただで借りたのだろう。二軒長屋で、となりの家には、表通りで炭屋をしている若い夫婦が住んでいる。赤ん坊がいて、夜中になるときまって泣きだす。洗濯物は、この炭屋の奥さんがやってくれている。

重吉が住む家は二間で、台所がついているけれど、ガスの設備はないし、玄関と、机や本棚がおいてある部屋には西日がまともにあたる。家の前は空地になっていて、その向うは二階建の家である。

寝床が敷いてある八畳の部屋は、机や本箱をおいた六畳間の奥にあたり、塀一つで旅館と接しているから、いつも薄暗い。冬になると、この部屋の置炬燵(おきごたつ)にはいって、重吉は本を読んだり、昼寝をしたりする。炬燵に足を入れて、寝ころびながら、探偵小説なんかのペイパーバックを読みはじめると、わずか三、四ページで睡魔に襲われる。そういうときは我慢しないで、眠ることにしている。

「ペイパーバックを読んでいて眠くなったら、どうすればよろしいでしょうか」

と重吉は師匠の遠山さんにきいてみたことがある。

「さっさと眠ればいいじゃないか。きみ、人生って長いんだよ」

と重吉とは年齢が四つしかちがわない遠山さんは明快に答えている。

遠山さんは重吉の家に一度しか来ていないが、椙枝はもう数えきれないほど来ている。彼女がここへ来ると、帰りは椙枝の家がある小田急線の経堂駅まで送ってゆくけれど、彼女の家に行ったことはない。昨夜も重吉はいっしょに寝たあと、経堂駅まで送り、帰りは電車のなかでアラン・ハインドの序文を二、三ページ読んでいる。

いっしょに寝るたびに、重吉は椙枝のかぼそい躰になじんでいくような気がする。椙枝は彼にとってはじめての女といっていい。友人に連れられて、吉原に行ったことがあるけれど、相手についての記憶は、おふくろとそんなに年齢がちがわないのじゃないかと思ったことである。けれども、その女はやさしく重吉の童貞をやぶってくれて、帰りには自分の名前を書いたマッチを重吉にわたしている。

そのあと、郷里の仙台でも重吉は別の友人と女を買っている。仙台駅前で輪タクに乗ると、眼の前の幌をおろされて、輪タクは走りだし、まるで眼かくしをされたようで、三十分ほどたったころ、輪タクからおろされると、そこは兄夫婦の家のすぐ近くで、重吉は愕然としたのを昨日のことのようにおぼえている。兄夫婦の家は駅から歩いて二十分もかからないところにある。あの輪タクは一体どこを走りまわっていたのだろうといまでも思うことがある。

　こういうことは、重吉は椙枝にまだ打明けていないし、その必要もないだろうと思っている。椙枝をかなしませたりしたくない。それよりも、こんな打明け話をして、椙枝を失うかもしれないことを重吉は怖れる。

　はじめのころ、椙枝はよく、痛い、と小さく叫んで、重吉が薄闇のなかで苦笑している。どっちも痩せているから、骨と骨があたる。重吉のほうに力がはいっているから、それで、椙枝が痛がったのだけれど、慣れてくると、骨と骨がぶつかることもなくなる。

　いま、重吉は、今日が日曜日だったことに気がつく。寝床から起きだして、西に面した窓を開け、台所で顔を洗う。本当はお湯で洗いたいのだけれど、今朝は水が、気持がいい。それに、日曜日だから、銭湯が十時から開いている。

　髭が伸びていて、手のひらが髭にあたってぞりぞりする。鏡を見ると、いつものことながら、頬がこけている。その頬にできた大きなにきびが一つ、白く膿んでいるので、二本の指でつぶすと、白くて細いものが出てくる。ああ、なんて醜悪なのだ、と重吉は自然に溜息をつく。彼が早く三十歳になりたいと願うのは、その年齢になれば、にきびも出なくなるだろうと思うからだ。また、そのころには、なんとか一人前になっているんじゃないかという期待もある。英語だってすらすらと読めるようになっているだろう。

ポロシャツを着ると、下駄をはいて出かける。高田馬場の駅まで五分もかからない。ゆうべ、相枝を送っていくときに、食事をした駅の向い側のガード下にある巴鮨の前を通り、ユタに行く。重吉はこの喫茶店で毎朝少なくとも一時間はつぶす。五十円のモーニングサービスを注文し、ジャムつきのトーストをゆっくり食べ、ミルクコーヒーを飲みながら、まず報知新聞、日刊スポーツ、スポーツニッポンを丹念に読み、そのあとで朝日や読売、毎日、東京新聞に眼を通す。ユタには週刊誌もそろっているから、時間がたつのを忘れることができる。

ユタには夜もしばしば来る。コーヒーを注文して、プロレスやプロ野球のテレビを見るのだ。プロレスや野球の放送があるときは、わりに小さなこの喫茶店はぎっしり満員になる。客のなかに女がいると、かなり目立つ。巨人阪神の試合の中継放送でも見にこないけれど、プロレスならかならずといっていいほど顔を見せる女の客がいる。

重吉が彼女の存在に気がついたのは、二十五、六歳のこの女の鼻の頭に大きなほくろがあったからだ。けれど、その鼻の形がいいし、黒々とした眼が綺麗だし、口もとも魅力的である。「すごい美人」といつかいっしょにユタに来たとき、相枝が驚いたほどで、だから、重吉も夜にユタへ行くときは、彼女に会えないかなとひそかに思う。

昨日と同じように、よく晴れた、暑いくらいのこの日曜日の朝、重吉がユタのドアを開けて、なかにはいると、鼻の頭にほくろのある女が恋人らしい男と笑顔でなにやら話しながら、コーヒーを飲んでいる。男は三十過ぎだろう、苦味走ったというのか、色浅黒く、なかなかの好男子だ。テーブルをへだてていても、二人のあいだには水入らずの感じがある。

そういうことが直感でわかるのは、相枝を知ったおかげだ、と重吉は思う。そして、この美男美女が結婚していないこともなんとなくわかるのだ。

客はほかに三人ほどで、いつもよりすいている。店のなかは日当りがいいから明るい。重吉はウェイトレスにモーニングサービスを注文する。高いカウンターの向うで、白いコック帽をかぶり白いエプロンをかけた、顔の長いおやじがコーヒーの豆を手動のコーヒー・ミルで挽(ひ)いている。その音がうるさいけれど、いかにも日曜日の朝らしい。

重吉はミルクコーヒーとこんがりと焼いたトーストを待ちながら、手近にある日刊スポーツに眼を走らせる。ジャイアンツが勝ちすすんでいて、この分だと八十勝から九十勝しそうである。

重吉は巨人ファンだ。川上が南海の武末投手から満塁逆転サヨナラホームランを打ったのをラジオの放送で聴いたのをいまでも忘れない。あの実況放送は飯田というアナウンサーだったけれど、何年前のことだっただろう。重吉がまだ高校の一年か二年だったにちがいない。そして、東京で生活したいと心を決めるようになったのは、三年に進級するころだ。親から離れたい一心である。

突然、暗い思いが重吉の心に重くのしかかってくる。楽観と悲観が彼のなかに同居していて、たえず揺れているらしい。もし、いま、ちゃんとお金になる仕事があって、ユタに来ているのなら、どんなにいいだろう。重吉はできれば翻訳者になりたい。翻訳者になって、あの「夏服を着た女たち」という短編小説を訳してみたい。

でも、無理だ、と力なく思う。いまの僕には技術もないし、語彙もない。遠山さんも、きみは翻訳が下手だねえと気の毒そうに言っている。そのくせ、遠山さんは重吉に下訳を頼んできて、有楽町のレンガという喫茶店に重吉を呼びだし、ミルクティーを飲みながら少ないけれどと言って、下訳料を前渡ししてくれる。遠山さんだってそんなに稼いではいないことを重吉は知っているから、裕福な奥さんの実家の援助をある程度受けているのではないかと想像している。

ウェイトレスがやってきて、入口に近い、重吉の前のテーブルにミルクコーヒーとトーストをおく。重吉は顔をあげて、眼が細く鼻の低いウェイトレスを見てから、ほくろの女性にふと眼をやる。彼女は声もなく泣いている。さっきまで楽しそうだった顔が崩れ、大きな粒の涙が白い頰をつたってゆく。男はなにか慰めの言葉を言っているようだが、聞きとれない。女の鼻のほくろが黒さを増して、不幸を象徴しているようにも見える。それでも、彼女は美しく泣いている。

重吉はミルクコーヒーのカップを持ったまま、一瞬、彼女に見とれる。ああ、と叫びだしたい気持だ。なんの脈絡もなく、これが東京なんだという思いが頭をかすめる。ミルクコーヒーを一口飲み、あんまり熱いので、重吉はわれに返ったようになる。

相手の男はズボンのポケットから真白なハンカチーフを出し、彼女の前において、また何か言う。彼女はハンカチーフを眼と頰にあて、にっこり笑う。重吉は、ああ、とまた叫びたくなり、あわてたようにミルクコーヒーを啜る。トーストを食べはじめる。

彼女の相手は、重吉がそっと見ていることに気づいたのか、こちらに顔を向ける。重吉は仕方なく視線を窓の外に移す。須田町へ行く、色のさめた緑の車体の都電が通りすぎる。角帽をかぶった学生服が何人も通りかかる。休日でも学生が多いというのは、学生が多すぎるということだろう。

ありがとうございました、またどうぞというウェイトレスの声がして、ふりかえると、ほくろの美女が立ちあがっている。男も同時に立って、ドアのほうにやってくる。痴話喧嘩、別れ話、修羅場といった言葉が重吉の頭に浮ぶ。このうちのどれがユタから出てゆくカップルに当てはまるのだろうと考えてみるが、彼にはわからない。二人は通りに出ると、男が女の手をとる。

重吉は椙枝と手をつないで歩いたということは一度もない。椙枝がそういうことを恥かしがるし、そこが彼女のいいところだ、と重吉はみている。

魅力的な男女の姿が窓から見えなくなると、重吉は再びスポーツ紙を手にとる。スポーツニッポン。

学生がスポーツ新聞を読むなんて、やくざな気がする。重吉もユタに出入りするようにならなかったら、スポーツ紙を読むこともなかっただろう。いまは、ユタに行かないときは、駅前で報知を買ったりする。

父が重吉のこういう姿を見たら、やはり憤慨するだろう。おまえはいつからゴクツブシになったんだ、ヨジャレはいつまでたってもヨジャレだ、と言うにちがいない。重吉は子供のころからヨジャレと言われてきている。ヨジャレは父の里である福島県東白川郡の方言で、だめな奴という意味らしい。

ヨジャレは英語でいうと、どういうことになるだろう。ナッシング、か。それしか重吉には思いうかばない。そして、ナッシングは要するにゼロである。

考えてもしようがないことだけれど、昨夜の巨人中日戦の経過をスポーツニッポンで読みながら、一体これからおれはどうなるんだろうと重吉は考える。そのことを少し考えるだけで心細くなってくる。大学院に真面目に通っていれば、そこでT・S・エリオットの詩なんかをこつこつと勉強していれば、何冊かの英文の参考書をちゃっかり引用して、修士論文を書けば、それから博士コースにすすめば、父が望んだ大学教授にもしかするとなれるかもしれない。でも、父は、私立じゃなあとあくまでもばかにし、東大に固執するだろう。
大学院で勉学に励むのは、重吉の肉体がかたく拒否しているようだ。父にいくら身勝手な親不孝者と言われても、講義に出席するつもりはない。それなら、おまえは親父からの仕送りも断ったらいいじゃないか、と重吉は自分自身に言う。そこがおまえの甘ったれた、しかも、ずるいところだ。まったく、いい気なもんだ。

重吉はミルクコーヒーを飲んでしまい、二枚のトーストもたいらげる。今日も朝からまだ一言しか口をきいていないことに気がつく。ユタにはいったとき、ウェイトレスにモーニングサービスと言ったにすぎない。

重吉は椙枝に会いたいとふっと思う。昨日の午後から夜にかけてのように、しゃべってみたい。椙枝がいなかったら、重吉には話す相手がほとんど一人もいないことになる。家のなかで、よくひとりごとを言うのは、そのせいだろう。椙枝がいなければ、重吉の話相手はせいぜい渋谷百軒店の古本屋の碇(いかり)さんぐらいだ。碇さんの名前は卯之吉という。

銭湯に行ったあと、渋谷にでも出かけてみようか。椙枝は今日は劇団の稽古があるから、夜まで会えない。午後九時に、渋谷の井の頭線の駅に近いトップで彼女と会うことになっている。

重吉はようやく立ちあがる。時刻は十時に近い。いま、彼には時間だけはありすぎるほどある。有益に過す時間はないけれど、無駄に過す時間は無限とも思われるほどにある。その時間は遅々としてすすまない。

重吉は透明なお湯に躰を沈めている。大きな浴槽のこのお湯は夜の十一時ごろになると、濁って垢の臭いがしてくる。

父親に石鹼で躰を洗ってもらっている五、六歳の男の子の、くすぐったいようという甲高い声が浴場に反響する。がらんとしていて、天井の端のガラス板から日光がさしこんでくるのも、のどかでいい。この銭湯は重吉の家の近所にある。住宅街のまんなかにあるのだけれど、その住宅街の周辺にアパートの建物がたくさんある。

若い、がっしりした体軀の男が頭にざあざあお湯をかけて、シャンプーの泡を流している。そのとなりでは、老人が木綿のタオルで背中を洗っている。女湯のほうから、ママーという女の子の声が聞こえる。ユキちゃん、危いから走らないでと母親らしい声。

重吉は風呂からあがるわけにいかない。銭湯代十五円と石鹼とジレットの髭剃り道具を持ってくる前に、きのう、六本木の誠志堂で買った「ハーパーズ・バザー」の表紙をあらためて眺めたのだが、この風呂にはいったとたんに、なぜかミドナイト・ブルーのスーツを着た、真白な歯を見せて微笑むスージー・パーカーの姿が眼の前に現われて、気がついたら、父のにくらべるとはるかに小さなペニスが固くなっている。

重吉は椙枝に申訳ないと思う。こんなはずはないのに、いかんともしがたいというのはこういうことなのかと、浴槽にはほかに人がいないのに、手でペニスをかくす。ゆうべ、椙枝と寝たばかりなのに、このざまだ。父に負けないほど好色なのではないかという気がしてくる。重吉は父のさまざまな噂を母からなんども聞いている。女なら誰だっていいんだから、と母がけがらわしそうに言ったのをなんどか耳にしている。

僕は親父ほど趣味は悪くないよ、といま重吉は母に言ってやりたい。スージー・パーカーはちがうんだ、母さん。

椙枝を知るまで、重吉はスージー・パーカーを見ながら、マスターベートしている。情ないと思いながら、深夜になると、手が自然に、いや本能的にというべきか、小さなペニスのほうへ行く。そのときには「ハーパーズ・バザー」に載るサルトルやカミュのエッセーなどどうでもよくなっている。

ひどいときは、一日に三度もマスターベートして、ペニスが赤くなり、メンソレタムを塗ったら、とびあがるほど沁みて痛い。あんまりこすると、擦りきれちゃうかなあと反省するのだけれど、翌日になると、忘れているし、これでにきびがなおるんじゃないかと思ったりする。

マスターベートという英語をコンサイス英和辞典で引いてみたことがある。綴りが

"masterbate"だと思って、辞書を見ると、出ていない。それで、"musterbate"で辞書を引くと、見つからない。猥褻用語ということで、コンサイスは載せないのだろうか。

正しい綴りは"masturbate"だ。それが名詞になると、"masturbation"になる。コンサイス英和にもちゃんと出ている。手淫とか自慰とかいった訳語が載っていて、重吉はいっそうしらじらしい気持になる。

おぼえたのは、高校二年になるころだ。マスターベーションを教えてくれた同級生は、高校を卒業すると、自衛隊にはいり、いま東京に住んでいる。三ヵ月ほど前に久しぶりに会ったとき、その級友はでっぷりふとって、血圧が高そうに見えたのを重吉はまだ忘れていない。

そのとき、彼はにやにやしながら、重吉にたずねている。

「おまえ、あれをまだやってんのか」

「何を」

と重吉はとぼける。

「マスだよ、マス。まだやってんだろ」

重吉の顔が熱くなる。にきびまで赤くなるような気がする。

「おまえ、あのとき、世の中にこんないいものないって言ってたからなあ」

とかつての同級生はげらげら笑う。

くたばれ、このでぶっちょ、と重吉はひそかに呪う。

いま、お風呂のなかで、重吉は、僕と同じ年齢(とし)ごろのアメリカ人はスージー・パーカーの写真を見て、何も感じないのだろうかと思う。

ある夜、浪(なみ)の華(はな)というちり紙で精液を拭きとっていたとき、重吉は考えている。アメリカにはクリーネックス・ティシューというのがあるそうだけれど、奴らはそれで拭くのかな。そいつは箱のなかにはいっていて、一枚引っぱると、もう一枚がいつでも引っぱりだせる仕掛になっているそうだ。

クリーネックスのことは、遠山さんから教えてもらっている。遠山さんは、クリーネックスがミッキー・スピレインの小説に出てきたとき、宝石のことかと思ったという。調べた結果、アメリカ製ちり紙だと判明したらしい。重吉はマスターベートしたあとで、そのクリーネックスで拭いてみたい。浪の華なんかよりもっともっとやわらかいのじゃないか。コカコーラが去年から売りだされたのだから、クリーネックスもやがて東京で発売されるかもしれない。ハンバーガーだって、いつかわかるときが来るだろう。

いつまでもお湯につかっていると、のぼせてしまいそうだ。幸いにも、重吉のペニスはやわらかくなってくる。やれやれ、と彼は呟いてみる。

浴槽から出て、鏡の前にすわると、蛇口を押して、桶にお湯を入れ、ついで水を足す。朝風呂というのは、温泉に行った気分になる。タオルに石鹼をつけて、首を洗い、つぎに腕をこすろうとしたとき、上膊部に歯で嚙んだ跡がついていることに気がつく。梠枝がゆうべ嚙んだのだ。女はみんな男の躰のどこかを嚙むのだろうか。ユタで見かけた、ほくろのある女もあの苦味走った中年男の肩口を嚙んだりするのか。

重吉は下腹部を丹念に洗う。袋のうしろのほうもタオルでこする。背中と短い脚もよく洗う。三日ぶりの銭湯だから、躰のすみずみまでタオルでこすって、垢を落さなければならない。浴場はしだいに人が増えてくる。女湯のほうからは、何人も頭を洗っているのか、お湯をかける音がさかんに聞こえてくる。

重吉も石鹼で頭を洗う。髪がＧＩカットだから、簡単に済んでしまう。おしまいは、髭だ。彼の髭は親ゆずりなのか非常に濃い。父は剃刀を使って毎日剃っているが、重吉はジレットを使っている。一時、御徒町(おかちまち)のアメ横で六十円で買ったジレットの黒い瀬戸のようなホールダーを愛用していたことがある。よくわからないけれど、ＧＩたちが前線で使っていたらしい。

あれは剃り味がよかったけれど、いま使っているのは、金属製のジレットのホールダーである。六十円のホールダーがどこかにいってしまったのが残念でならない。

にきびを削ったりしないように用心しながら、重吉は石鹼の泡だらけの顔をあたってゆく。これは難しいことだけれど、楽しくもあるし、さっぱりした気分になれるのがうれしい。重吉には楽しいことが少ないから、髭剃りは毎日の楽しみになっている。

この銭湯は平日は三時に開く。そのころに行くと、男湯はこの近所の書店の主人が悠々とお湯につかっているだけだ。重吉はこの書店もよくのぞいてみるが、新刊を買うことはめったにない。

午後の三時過ぎ、書店のおやじと二人きりで風呂にはいるのは、たしかに一種の解放感がある。それ以上に孤独感と敗北感がある。自分は生存競争から脱落してしまったという、この敗北意識はやりきれない。

僕はどこに行くんだ、と重吉はいま鏡に向って問いかける。おぼつかない読解力で、薄汚れたペイパーバックや雑誌を読んでいたってしようがないじゃないか。しかも、読むのが買うほうに追いつかないで、ペイパーバックと雑誌がどんどん増えてゆく。はじめは小説にかぎっていたのが、犯罪実話やベーブ・ルースの伝記だとかマフィアの歴史だとか、範囲がひろがっている。百円札一枚で四、五冊は買えるのだから、手あたりしだい集めているかのようだ。

頭のなかで、アメリカが大きくなり深くなり広くなり伸びてゆく。いまや捉えどころも摑みどころもないようで、重吉は心細い。重吉のアメリカは二、三年前はちっちゃなものだったはずである。ジレットやロンソンやコカコーラやパーカーのアメリカ。スージー・パーカーのアメリカ。パーカー21は一番書きやすい万年筆だと重吉は信じて疑わない。

ジレットの刃がかすかな快い音をたてる。十分にお湯につかったから、髭がやわらかくなっているのだろう。慎重に剃っているから、にきびを切ったりしないですみそうだ。それにしても、この髭、ヨジャレに似合わしからぬ濃さだ。

重吉は髭剃りがすむと、お湯で顔を洗う。これもまた気持がいい。将来のことを考えなければ、こんなにのんびりした日曜日はないだろう。その将来のなかには、相枝も含まれている。相枝、スージー・パーカー、この二人の女の顔が一つになることがある。また、まったくちがった顔に見えることがあるし、むしろそういう場合のほうが多い。

テキサス生れ、一時間に百四十ドルも稼ぐ、のっぽのトップ・モデルの写真をじっとみつめながら、マスターベーションに耽るというのは、われながら滑稽なことだと重吉は思う。肉のうすい、小さな顔、ほっそりしたくびのスージー・パーカーは、彼にとって現実ではない。同じように、アメリカもまた彼にとって現実ではない。いまのところ、重吉のアメリカは遠い、遠いところにある。

重吉はまた風呂にはいる。隅のほうで躰をかがめながら、澄んだ湯で顔を洗い、これが僕の現実だと納得する。掃除をあまりしない家もイエナ書店も誠志堂もりっぱな現実だし、家の本箱におさまったペイパーバックも現実だ。

まいったなあ、と重吉は呟くが、その声は誰にも聞こえない。マリリン・モンローみたいな女ばかりのアメリカだったら、重吉は無関心でいられたにちがいない。スージー・パーカーがいるから困る。彼女の背後にあるものがすてきに見えるから困る。それはこの東京にもないものに思われる。

重吉は風呂から出て、しぼったタオルで躰を拭き、ジレットと石鹼箱を持って、湯気でくもったガラス戸を開け、体重計にのってみる。四十三キロ。それから、籠に脱ぎすてた下着を身につけ、ポロシャツを着、ズボンをはく。その動作がじつにのろのろしている。時間をもてあましているかのようなその動作は自信のなさをものがたっている。

「どうしたんです。躰の具合でも悪いの。それとも、のぼせたの」

と新しくはいってきた客が重吉に声をかける。

重吉はあから顔の、髪を大工刈りにしたおじさんをふりかえって、いいえと小声で言いながら、卑屈な笑みを浮べていることがわかっている。

「いい若いもんが、もっとしゃきっとしなさいよ」

とおじさんは言いすてて、自分の腹をぴしゃぴしゃ叩きながら、風呂場にはいっていく。重吉は大きなお世話だと思いながら、おじさんの背中をにらみつける。

コーヒーはとうに飲んでしまったのに、椙枝はまだ来ない。時刻は十時に近く、客は重吉一人である。九時少し前にここへ来たときはほぼ満員に近く、重吉は一つだけあいているカウンターの前の椅子に小さくなってすわり、顔なじみの細面のやせた小柄な店員にコーヒーを注文したのだが、それからまもなく客は一人減り二人減りしていったらしい。

井の頭線の階段をおりてきて、露地をちょっとはいったところにあるトップは十二、三人もはいればいっぱいになる。ドリップ式でていねいに淹れるコーヒーがおいしい喫茶店という評判で、重吉もここのコーヒーなら飲める。稽古場がある芝の大門から帰る椙枝を送っていくとき、重吉はたいていトップで待つことにしている。

「トップのコーヒーは渋谷、というより東京で一番おいしいと思うわ」

椙枝がそう言って、重吉をここに連れてきたのは、一年ほど前のことだ。それで、何もかも彼女におそわってきたような気がする。重吉が彼女を案内できたのは、高田馬場のユタ一軒にすぎない。椙枝は田舎育ちの重吉に東京のつつましいところを教えてくれるガイドだ。

やせた店員が重吉の眼の前のカウンターにオレンジジュースのコップをおいて、どうぞと小声で言う。彼は、重吉が椙枝を待っていることを知っている。もう一人の、日に焼けた顔の、肩幅のひろいがっしりした躰つきの店員はあとかたづけをはじめている。

すみません、と重吉は恐縮して、ストローでジュースを啜り、やせた店員の好意を感じる。いままでほとんど口をきいたことがなかったのに、この人は僕たちを見ていたんだなあ、そう思うと、重吉はうれしい。

「まだいてもいいですか」

と重吉は遠慮がちにきいてみる。

「かまいませんよ」

とやせた店員が言うと、たのもしい体躯の店員もコーヒーカップをタオルで拭きながら、横から口を出す。

「どうぞどうぞ」

「ありがとう」

と重吉は礼を言う。

「九時にここで会う約束だったんです」

稽古が長びいているのかもしれない。椙枝はこんども端役(はやく)だけれど、それで僻(ひが)んだりすることもない。芝居に出られるだけで満足しているところがある。

椙枝はお嬢さんなんだ、と重吉は言ったことがある。すると、彼女はむきになって、いいえ、お嬢さんなんかじゃありません、女優です、と言う。それから小声で、いいえ、私は女優の卵よ。

重吉はジュースをまた啜って、ドアのほうを見る。外はみんな店を閉めて暗いし、人通りもない。遠くから酔っぱらいのかなしそうにどなる声が聞こえる。

やせた店員がテーブルの席を照らしていた明りを消して、重吉に、どうぞ気にしないでください、まだ仕事が残っているんですからと言う。

重吉はうなずいて、背広のポケットから『淋しい海辺の女』をとりだして、読もうとする。スター・フェイスフルという女に興味があるけれど、英語の活字を追うことができない。まず相枝のこと、そしてお金のことや、いまの生活のことや、別世界に等しいアメリカのことが気になっている。

眼は活字を一つひとつ追いながら、このペイパーバックと縁のないことを考えがちになる。相枝はかならずトップへ来るとわかっている一方で、相枝がたとえ来なくても不思議ではないと諦めている、デスペレートなところがある。

今朝、銭湯からもどると、重吉はウィリアム・サローヤンの『君が人生の時』の翻訳を、原書と対照しながら、原稿用紙に書き写している。それは加藤道夫の翻訳で、サローヤンは重吉の好きな作家だし、加藤道夫訳は名訳だと思うから、翻訳の勉強のつもりではじめたのである。『君が人生の時』の前には、同じサローヤン、倉橋健訳の『わが心高原に』を書き写している。

時間がいくらでもあるから、こういうのんびりした勉強ができる。原書を読み、訳文にじっくり眼を通してから、一字一句訳文どおりに書いていくと、訳者の息づかいがこちらに伝わってくるようだ。訳者がどこで力を入れ、どこで力を抜いているかがわかるような気もする。

この作業を二時間ばかりつづけると、腹がすいてきて、近くのそば屋に出かけ、親子丼を食べる。こういう生活はまるで根無し草のようだ。血色のよくない青年が親子丼を一人でもそもそと食べているのは、さぞかし侘しい光景にちがいない。この六年間は、そんな生活がつづいている。東京に住んでいるというのは名ばかりのような気がする。椙枝とのつきあいや、たまに遠山さんに会うことを除けば、重吉には人間関係というものがない。いきおいよくドアが開いて、椙枝がはずむようにとびこんでくる。

「ご免なさい、お待たせして。お稽古がおそくなって――」

と椙枝が弁解する。

やせた店員が手早くオレンジをしぼって、椙枝にジュースをつくってくれる。

「もう閉店なんでしょ。悪いわ」

と椙枝は言うが、このもてなしがうれしそうだ。やせた店員は細い眼をいっそう細くしてにこにこする。どうせこのカップルはあと十分といないだろうと思っているのかもしれない。

椙枝は咽喉が乾いていたのか、ストローを使わないで、コップに口をつけて、オレンジジュースを飲む。あるいは、彼女のほうも長居をして迷惑をかけては悪いと考えたのかもしれない。

「今日は碇さんのお店にいらしたの」

と彼女がきくので、重吉は頷いてみせる。

「今日は一冊も買わなかった。そのかわり、碇さんとお茶を飲んだ。彼がおごってくれたんだ」

「碇さんと親しくなれてよかったんじゃない」

相枝は姉さんぶった口をきく。

「うん。植草甚一の話を碇さんから聞いたよ。植草さんは碇さんの店で買物をすると、喫茶店に行って、ペイパーバックのミステリーを一時間ぐらいで読んでしまうんだって」

「本当かしら。そんなに早く読めるのかしら」

重吉もくさいと思っている。重吉は一冊の探偵小説を読むのに一週間から十日かかる。それも、はじめの五十ページばかりは、何が書いてあるんだか、さっぱりわからない。五十ページを過ぎたあたりから、何もかもわかってくる。誰が死んだのか、誰が探偵なのか、どんな事件なのか、最初の五十ページまでは、雲をつかむような話なのだ。

相枝がジュースを飲んでしまうと、重吉は勘定書を見て、ジュースはいくらですかとたずねる。

「今夜はいいんです」

とやせた店員が答える。

でも、と重吉は言う。いや、いいんです、と店員。重吉がコーヒー代だけを払うと、椙枝が二人の店員に挨拶する。

「ご馳走さま、でも、こんなに親切にしていただいて悪いわ」

井の頭線の改札口に出る階段をあがっていくとき、椙枝は笑顔で言う。

「得したわね」

「あのオレンジジュース、おいしかった」

と重吉は言い、椙枝の手をとろうとするが、彼女はそっとはなれる。

「恥かしいの」

重吉が切符を買うとき、発車のベルが鳴りひびく。二人は走りだし、改札口を抜けて、電車に駆けこむ。うしろの車輛は混んでいて、二人は入口に立つ。電車が走り出す。

井の頭線は重吉には懐しい。大学にはいったころ、杉並区大宮前に下宿していて、富士見ケ丘から毎日、電車に乗っている。椙枝も戦後まもないころ、吉祥寺に住んでいて、そこから青山の小学校に通っている。

今日は何をしたの、と椙枝がたずねるので、重吉はサローヤンのことを話す。写経みたい、と彼女が歯を見せて笑う。うん、心をこめて書き写さないと、なんにもならないんだ、と重吉は説明するが、親子丼を食べたあとで、本棚の前でしばらくすわっているうちに、前途を悲観したことは打明けない。そのとき、彼は仙台に引きあげようかと思っている。翻訳者にとてもなれっこないと諦めかけている。重吉は本棚にぎっしり詰まったペイパーバックに圧倒されてしまったらしい。

ここには一生かかっても読みきれないほどの本がある。だから、厖大なアメリカがあるということになる。でも、それを読んだからといって、自分はどうなるのだろう、と重吉は思う。

電車は神泉（しんせん）を過ぎ、東大前で停る。つぎは駒場。そこで、学生服の若者が何人かおりる。

「こわい顔をして、何を考えているの」

不安そうに栂枝がきく。

「そのワンピース、似合うよ」

と重吉は話を逸らす。うすいブルーの平凡なワンピースは栂枝を上品に美しく見せている。

「何かあったの」

栂枝は声をひそめて、なおもたずねる。

「お先まっくらなんだ」

茶化したように、重吉は答える。

「アメリカ文学を勉強するつもりでいたのに、間口がひろがってしまって、どこから手をつけていいのか、わからないんだ」

池ノ上に着く。椙枝といっしょにいると、渋谷から下北沢まではあっという間だ。彼女といっしょにいると、楽しく、そして同時に切ない気持になってくる。椙枝との関係がいつまでつづくのか、はかりかねる。そういう先のことがらはすべて濃い闇のなかにかくされている。明日にもこわれてしまうかもしれないことを二人は知っている。

椙枝は腕時計を見て言う。

「まだ時間があるわ」

「僕はたっぷりある」

と重吉は冗談めかして言う。

電車の窓の外は暗い。明日のために、平日より早く人びとは眠りについている。後方へつぎつぎに去ってゆく街灯の明りが空しく見える。

電車は下北沢に停って、乗客がどっとおりる。椙枝も重吉もはじきとばされそうになる。おりた乗客は小田急線に乗り換えるので急いでいる。経堂の家へ帰る椙枝も小田急線のプラットフォームまでおりていかなければならない。けれど、重吉がふりかえってみると、彼女は立ちどまったまま動かない。

プラットフォームは、とりのこされたように椙枝と重吉の二人だけになる。

「どうしたの?」

と重吉は彼女に近づいてゆく。

「こわいの」

ぽつりと椙枝は答える。

ベンチにすわろうか、と重吉は彼女の手をとる。椙枝は、こんどは彼の手をにぎりしめてくる。

プラットフォームの電灯が東北の田舎の駅を思わせる。下北沢の黒々とした町並が眼下にひろがっている。街灯がぽつんぽつんとあるところだけが仄明るい。

二人はベンチにすわる。重吉はピースを出して、火をつけ、深々と喫って、煙を吐きだす。

「私も喫っていいかしら」

重吉はピースの箱を彼女にわたす。椙枝は一本抜いて、口にくわえる。重吉はマッチを擦って火をつけてやる。

「私、こわいの」

と椙枝が言う。

重吉は井之頭公園で椙枝にはじめてキスした夜を思い出している。彼女は抵抗しなかったし、むしろそれを待っていたのかもしれない。長いキスのあとで、椙枝は自分に言い聞かせるように言う。

「私たち、結婚しなければね」

明るい声だ。その声は重吉の耳に残っている。私たち、結婚しなければね。おしまいの「ね」が下がり気味の音である。

「あなたはこわくない」

と椙枝がたずねる。彼女の指にはさんだピースから煙がゆらゆらとのぼってゆく。

「こわいよ」

重吉は言うが、こわいというより、不安だという気持が強い。まるで宙ぶらりんになっているようで、そんな状態でじたばたしているのが心もとない。

「あなたは何になりたいの」

椙枝のこの質問は、重吉は子供のころになんども聞いている。少年のころなら答えやすかったけれども、いまは一番難しい質問だ。

「翻訳の仕事をしたいんでしょ」

と椙枝は前を向いたままたずねる。

重吉は答えない。なりたいけれども、無理だろう、だめだろうという気がする。ただ、スージー・パーカーのアメリカを知りたい。彼女のニューヨークをさぐりたい。しかし、いま、ここでやめてしまったら、それこそナッシングになってしまいそうだ。

渋谷行の電車が来る。数人の乗客がおり、いつのまにかプラットフォームにやってきた数人が乗りこむ。ベルが鳴り、ドアが閉まり、警笛とともに電車は動きだす。

小田急線のほうでも、電車の到着した音がする。お急ぎくださいとメガフォンで叫ぶ駅員の声が聞こえる。

「昼間、部屋で本棚のペイパーバックをぼんやり眺めていたら――」

と重吉はゆっくり言う。

「アメリカがどっかに行ってしまったような気がしたんだ。あんまり大きくて広いから、かえって何も見えない。アメリカが消えてなくなってしまったみたいだった」

「あなたはなぜアメリカなの」

それがわかれば、僕は翻訳者にでもなんにでもなれるよ、と重吉は言いたいが、こらえて沈黙する。

「私はアメリカの戯曲を読みたいけれど……」

「いまの僕にはアメリカしかないんだよ。でも、そのアメリカは僕の場合、ペイパーバックと雑誌だけなんだ。知らない人が見たら、ごみや屑の山と思うだろうな」

「私も変な男と知り合ったものだわ」

椙枝がくすりと笑う。それは否定的な笑いではない。

「僕はもっと勉強したい。一人でね。一つひとつ学んでゆきたいんだ、高い山に登るみたいに。他人から見れば、僕は遊び呆けていることになるんだろうが……」

自分の言葉が重吉には自己弁護に思われる。いっそ、僕は怠け者で、ずるくて、親に金をせびって生きている、だめな奴なんだと告白したほうが、清々するのではないか。何をやっても永つづきしないし、何をやっても失敗する男だ、と。同級生はみんな就職して一人前になっているのに、一人だけまだ甘ったれているヨジャレだ、と。アメリカをだしにして、のらくら暮している親不孝者だ、と。

けれど、アメリカが彼の眼の前に現われたとき、相枝がそのほっそりした姿を彼に見せたような気がする。重吉の内部では、相枝とアメリカはたぶんいっしょになっている。

「私、今日、言われたの」

と相枝は話をはじめる。重吉は無言で聞く。

「演出家に、才能がないって、早くお嫁に行きなさいって」

「ひどいことを言うなあ」

「あとで、演出家はあやまったけれど、そう言われたとき、腹が立つよりもかなしかったわ。いままでやってきたことがガラガラと崩れていくみたいだった。でも、それで、あなたの気持も理解できたわ。私たち、何もないし、何も持ってないのよ」

重吉は、それが事実だし現実だと思う。棺枝はあいかわらず前を向いたままで、彼のほうを見ようとしない。

もし仙台に逃げかえることになったら、棺枝はいっしょに来てくれるだろうか、と重吉は考えてみる。たぶん、彼女の両親がそれを許すまい。両親のことなどどうでもいいとして、棺枝はそのとき、すべては終ったとみるのではないか。重吉は私からもアメリカからも逃げだしたとみるのではないか。

「私たち、どうなるの、重吉さん」

と棺枝がたよりない声でたずねる。

吉祥寺行の電車がはいってきて、大量の客をおろし、やがてまた走りだす。プラットフォームからは乗客があっというまにいなくなり、重吉と棺枝の二人だけになる。

重吉は立ちあがる。二、三歩歩いて立ちどまり、遠くまでひろがる夜の闇を途方に暮れたような眼でみつめている。太い眉が八の字になり、泣きだしそうなのか笑いだしそうなのかわからない。

重吉の背中に、棺枝が顔を押しつけている。近づいてくる電車の音と遠ざかる電車の音が同時に聞こえてくる。夜がふけて、街の灯が一つひとつ消えてゆき、闇が濃くなっていく。

アル・カポネの父たち

重吉は暗くなりかけている曇った空を見あげる。まもなく雨が落ちてくるだろう。すぐ近くを通過する山手線と京浜東北線の電車の音がすさまじい。まわりが揺れて、その震動が足もとから躰をかけあがってくる。となりのパチンコ屋も一瞬、鳴りをひそめる。

上野駅を出る列車の汽笛が聞こえる。重吉は向い側の小さな旅館に視線をもどして、溜息をつく。うすよごれた小料理屋や食堂や雑貨屋などが並ぶ、このごみごみした一画にある、小さな旅館へはいっていくのが、まだためらわれる。父に会うときは覚悟がいる。その覚悟が汽笛で崩れてゆきそうだ。

上野界隈で聞く汽笛は、とくに空がどんよりとした十月の夕方は、東北の田舎町から出てきた十七、八の娘がめそめそ泣いている姿を連想させる。彼女がどこで、なぜ泣くのかを考えてみたことはないけれど、ものがなしいというよりも、貧しくみじめな感じがする。

御徒町の方角に、キャバレのネオンが輝いている。黄と赤と青の光が新鮮に見えるのは、このあたりがうす暗い谷間になっているせいかもしれない。上野駅でおりて、広い通りをわたり、御徒町のほうへこの露地にはいってくると、重吉はいつも早く逃げだしたくなる。ちょっと行くと、そこはアメヤ横丁だから、にぎやかだけれど、父が泊る旅館のあたりはさびれていて、しかも、電車の音がうるさい。場末という言葉が頭に浮ぶ。

これから父に会わなければならない。その覚悟をあらためて決めるかのように、やせた躰には少し大きすぎる紺の背広の内ポケットから父の葉書をとりだす。その文面にもう一度、目を通す。

「父は二十日の夕方に上京する。上野、若木旅館で汝を待つ。父」

葉書は毛筆で書いてある。重吉は、父が筆以外のもので書いた手紙をもらったことがない。父がペンや鉛筆でものを書いているところも子供のころから見たことがない。父が筆で書くのは、父がちょび髭をはやし、並襟シャツを着るのと同じことだ、と重吉は父に会うたびに思う。父がワイシャツを着ているのを見たことがないし、おそらく父はワイシャツを一着も持っていないだろう。きっと、身ごろに別カラーが取りはずしできるようになっている前たてのついた、この並襟シャツしか持っていないはずだ。

重吉は、父がけっして上等ではない墨と硯と筆で書いた葉書をポケットにもどして、煙草屋の軒先をはなれる。煙草屋ではピースを買ったのだが、父の前で喫うわけにはいかないだろう。煙草を喫うぐらいだったら、もっと食べてふとって、一人前の体格になってみろ、と父はまた言うにちがいない。この父ちゃんを見ろ、粗食に甘んじてて、ほれ、このとおり丈夫だ。父ちゃんは何を食ってもうまい。

父が自ら口にする「父ちゃん」と、父が手紙に書く「父」に、重吉はつねに、本物と偽物ほどの大きなへだたりを感じる。父は筆で「父」や「汝」と書くとき、明らかに背伸びしていて、しかも、愉快な気持になっているのかもしれない。父には、たぶん照れくさいという気持はあまりないだろう。

金文字で若木旅館とあるガラス戸を開けても、人が出てくる気配はない。二階の廊下をスリッパで忙しそうに歩く足音がする。重吉はしかたなく通りを振りかえる。入口の「鍋物出来ます」と書いた新しそうな貼紙が、向いの小料理屋をみすぼらしく見せている。父とちがって酒の嫌いな重吉は貼紙をぼんやりと見る。

階段を急いでおりてくる足音がして、白い割烹着を着たおばさんが、お待ちどおさまと言い、重吉は父の名を告げる。

「息子さんでしょ。お父さんにそっくり」と顔は大きいのに眼鼻も口も小さいおばさんが言う。上野あたりでよく見かける顔で、重吉は彼女たちに会うと、近親憎悪に似た敵意をおぼえる。

「二階の梅の間ですよ」と言われて、重吉は靴を脱ぎ、スリッパをはき、自分でもはっきりとわかる重い足どりで階段をあがってゆく。この前、若木旅館に来たときも、べつの女中に同じことを言われたのを思い出す。だから、なるべくなら父といっしょに歩いたりしたくない。

ふすまを開けると、父が何やら書類に眼を通して、円形のレンズの、縁が針金みたいな老眼鏡をはずし、上目づかいにじろりと重吉を見る。今井正か黒沢明の映画で、そんな眼つきをする百姓を見たことが、重吉の記憶にある。

父にそういう眼で見られると、重吉は一刻も早く父から逃れたいと思う。逃れるということは、父から独立することだが、その自信はないし、そのあてもない。気のせいか、会うたびに、父の眼が険しくなっていくようだ。

もう縕袍（どてら）を着た父は、すわれと言うように、ちゃぶ台の前の色の褪（さ）めた座布団に顎をしゃくってみせる。重吉は、父の顎がいくぶん細くなったような気がする。その顎に髭が伸びて、白いのがだいぶ目立つ。皺はあまりないが、顔が小さくなったようだ。

重吉はぎごちなく座布団にあぐらをかく。父は火鉢にかけた薬缶（やかん）の湯を急須に注ぐ。その動作がちっとも父らしくない。慣れていないから、お湯をこぼすまいとするあまり、手が震えている。汗のせいか、父のちょび髭がかすかに光る。

「飲め」

と父は病院で見かけるような茶碗に淹れたお茶を重吉のほうに押してよこす。
「どうも」
と重吉はかるく頭を下げるが、あとの言葉がつづかない。父は眼を細めて、宙を見ている。

重吉には、二人のあいだに無限の距離があるように思われる。父の勤勉と息子の怠惰とが対峙しているようでもある。

重吉はお茶を一口飲む。ぬるいし、色も味もない。けれども、咽喉がかわいていたので、もう一口飲むと、父の視線を感じる。重吉は父のほうをちらりと見てから、天井のほうに眼をやる。

白い瀬戸の笠についた電球がそれほど明るくない。部屋のなかが陰気なのは、この電灯のせいだと重吉は気がつく。隅の衣紋掛に、濃茶の背広とカラーをつけたままのシャツがつるしてある。

父は大きな、古ぼけた革の鞄に手をつっこんで、ビール瓶と栓抜きをとりだす。瓶をちゃぶ台におき、栓をぬくと、もう一つある茶碗に注ぐ。泡がたった茶碗を口にはこんで、ビールをゆっくり飲む。
「ビールはこの泡がうまい」
と父は独り言のように言う。

「父ちゃんはな、こんなに倹約してるんだ」

　重吉は父から眼をそらしてしまう。見てはいけないものを見たような恥かしさをおぼえる。それは、息子が恥かしがるのを知っている父の演技かもしれない。それにしても、わびしいと重吉は思う。父はまだうだつがあがらないし、おれはもっとうだつがあがらない。

「どうだ、学校のほうは」

　と父がようやく訊く。おそらく、このことを知りたくて、重吉をこの旅館に呼んだのだし、重吉も十分にそれを承知している。

「ええ、まあ……」

　と重吉は曖昧に答える。

「ちゃんと行ってるのか」

「行ってるよ」

　と重吉は嘘をつく。

　父はビールをもう一口飲む。若かったころの父は一晩に友人と二人でビールを二十八本、酒を二升飲んだことがあるそうだ。それで、家に帰ってくると、玄関で倒れて寝てしまったという話を母から聞いている。胃潰瘍を患ってから、父は酒をひかえるようになったらしい。

「博士にはいつなれるんだ」

と父が訊く。その声は、なかば諦めたかのように力がない。重吉は大学院の授業をサボってばかりいるから、父の声に期待がこもっていないのがわかるのだ。

「その前に修士にならないとね」

と重吉は眼を伏せながら、うんざりする一方で、大学院はつまらなくても、真面目に通うのだったと後悔している。それは重吉にとってさほど難しくはなかったはずである。

父は、息子が大学院にはいれば、やがては博士になれると思っている。順調にゆけば、二年で修士、さらにあと二年で博士になれることを知らない。重吉は父のそのような単純な無知につけこんでいるのだが、父のほうは重吉を信じてきている。重吉は、父に知られるのが怖い。

「いくつになった」

と父が重吉の年齢を訊く。

「二十六だよ。こないだも同じことを訊いたじゃないか」

「情ねえなあ、二十六にもなって、まだ親の脛をかじって。いつまでたっても半人前だ。好き勝手なことをして……。一体、将来、何になるつもりだ」

重吉は答えない。頭のなかで考えていることはあるが、それを口に出すのははばかられる。二十六歳という年齢が心に重くのしかかってくる。早く高田馬場に帰って、読みかけのペイパーバックをまた寝床のなかで読みたい。この二年のあいだに、読解力がついたのか、ペイパーバックを読むのがかなり速くもなったし、楽にもなっている。

父は茶碗のビールを飲んで、もう一杯注ぐと、栓をして、そこに紙をかぶせ、輪ゴムでぐるぐる巻く。明日のためにとっておくつもりらしい。こういう父を見るのが、重吉は厭だ。長い貧乏生活と戦時中の耐乏生活が身についてしまったのだろう。

ビール瓶を鞄にしまいこんだ父はぬるそうな白い泡のたっているビールを啜るように飲み、重吉のほうを見ないで言う。

「あんな腐れ本ばっかり読んでちゃあ、大学教授になれっこねえ。父ちゃんなら、あんなもの捨てちまう。どうせろくでもねえ本ばかりなんだろう」

重吉は苦笑いを浮べるしかない。父の言うとおりかもしれないとも思う。岩波文庫の一つ星が三十円なのに、重吉が買いこんでくるアメリカのペイパーバックは一冊二十円だ。そして、岩波文庫は万人が読むべき古今東西の古典的な価値のある本ばかりだが、重吉のペイパーバックにはそういう高尚なものははいっていない。ヘミングウェイもフォークナーもペイパーバックになると、いかがわしいものに思われる。父が、捨ててしまえと言うのも当然だろう。

父がこんどは高田馬場の家に来なかったのも、増えていく一方のあの不潔なペイパーバックを見たくなかったからにちがいない。重吉にしても、古本屋で買ってくるペイパーバックはたしかに汚いと思う。石鹼でしばしば手を洗う癖がついたのも、アメリカ製ペイパーバックが原因になっている。

「ほんとに、将来のことを考えているのか」

と父が尋ねるが、重吉は父をみつめるだけだ。その顔には、自分でもわかっている卑屈な笑みが浮んでいる。

「どうなんだ」

と父がもう一度訊くので、重吉は答える。

「翻訳をやってみたいんだ」

「ホンヤク？　ホンヤクって何だ」

父は明らかにびっくりしている。十年ほど前まで、父は豪華な『資本論』を持っていたが、読んだことはなかったにちがいない。その『資本論』は重吉の三番目の兄が古本屋に売り払い、その金で中学三年生だった重吉に焼豚をおごっている。あれは戦争に負けた翌年のことだ。だいぶたってから、父が『資本論』が書棚からなくなっていることに気づいて、どなりまくっていたのを重吉はおぼえている。母にも八つ当りして、どなった父の言葉が重吉の記憶にある。

「おまえをはじめ、みんな、どいつもこいつも俺からむしりとっていく」

父の言ったとおりかもしれないが、母は父の小言には聞こえないふりをする。父の六人の息子も父の文句やぼやきには慣れっこになっている。これは、父が家に帰ると、どなってばかりいた結果だろう。

「僻み根性の強い人だからねえ」

母はかげで息子たちにそう言う。

「翻訳、わからないの」

といま、重吉は父をちょっと馬鹿にしたように言う。

「英語の小説なんかを日本語になおすんだ」

「小説？　それが学問か」

と言う父は小説など読んだことがないだろう。父にとっては、昔から不必要なものだ。父の書棚に本が詰まっていたが、父が本を読んでいるところを重吉はほとんど見たことがない。翻訳ものなど父には無縁である。まして、翻訳小説には一生縁がないだろう。

「カポネって何者だ」

と重吉は父に質問されたことがある。重吉は暗黒街の帝王や夜の帝王と呼ばれたこのギャングスターの簡単な経歴を説明すると、父は興味がなさそうに聞いてから、ふんと言って、白い鼻毛を抜いている。一年ばかり前のことだが、重吉がどうしてカポネのことを訊いたのかと尋ねても、父は答えなかったので、重吉はいまでもときどき不思議に思う。

「大学の先生になれたら、翻訳なんて、そんな商売をしなくたってすむだろう」

と父がさも馬鹿にしたように言う。

「他人のフンドシでスモウをとるようなもんじゃないか。学問をやれ、そのために、大学院にはいるのを許したんだ、高いぜにかけてな。それが厭だったら、実業に就け」

重吉は抗弁できないが、それでも力のない声で言う。

「翻訳者の仕事が性に合っているような気がするんだ」

「とにかく早く修士にでも博士にでもなってみろ。おまえのおかげで、父ちゃんはちっとも金がたまんない。はいってくる金はみんなおまえやばばあなんかに消えてゆく」

ばばあ、と父が母のことを口にするとき、憎々しげに言う。仇みたいだね、と重吉は、父の機嫌のいいときにからかったことがある。父は苦笑しただけだったが、母ばかりでなく家族全体に忌々しいという気持を抱いてきたらしい。いま、父が眼を三角にして重吉を見るのも、そういうやりきれない感情がまじっているからだろう。家族のために苦労しているのが、汗水たらして働くのが、父にとってはばかばかしいことなのかもしれない。

翻訳が自分の性に合う理由を重吉が説明しても、この父にはわかってもらえないだろう。おまえはまた寝言みたいなことを言っていると一笑に付すかもしれない。息子がたとえ間違っていないことを口に出しても、父は小馬鹿にしたような笑みを浮べる。重吉はそういう父が嫌いではない。

ふと、父の眼がやわらいで、重吉に言う。

「翻訳者になるのは、金がかかるのか」

重吉は思わず笑いだす。それから、自分が口下手であること、できれば家にこもって、なるべく人と口をきかないで仕事をしていたいこと、それには翻訳の仕事が一番であることなどを父に話してみる。

「一冊翻訳するのに、大体三ヵ月から六ヵ月かかるんだ。そのあいだ、家にいて、辞書を引きながら、翻訳していると、俺でもなんとかやってゆけそうな……」

重吉はうつむいて話していたので、気がつかなかったが、父は火鉢に手をかざしたまま、眼をつぶっている。居眠りをしている父を見るのは、重吉にとって久しぶりのことだ。ビールの酔いがまわったのか、八時間も仙台から汽車に揺られてきたので、疲れが出たのだろう。

重吉ははじめて父をまともに見る。父は、重吉が午後、ここへ来る前に新宿の武蔵野館で一人で観てきた『昼下りの情事』のゲーリー・クーパーより七つか八つ年上だ。

あのアメリカ映画の世界と親父のいるこの旅館の部屋とはなんという違いだろう、と重吉は思うけれど、それが愚にもつかない考えであることにすぐ気がつく。あれはおとぎばなしだ、と自分に言いきかせる。たぶん、アメリカ人にとっても、遠い、遠い現実であって、おとぎばなしにすぎないだろう。

『昼下りの情事』のような映画を観たあとで、映画館を出るときは、気分がいい。武蔵野館を出て、新宿駅に向うとき、口笛を吹きそうになって、あわてて口をすぼめたことを思い出す。どこに行っても、『昼下りの情事』の音楽が聞こえてくる。毎日のように出かけていくユタという高田馬場の駅に近い喫茶店でも、この曲が流れている。そのたびに、重吉はスポーツ紙や週刊誌を読むのをやめて、一瞬耳をかたむける。そういう自分を呑気なものだと思わないわけではない。

父はうつむいて眠っている。重吉はズボンのポケットからピースをとりだして、一本抜くと、火鉢の炭火に近づけて、火をつける。何時間ぶりかで喫う煙草は、父に会っているときの緊張感から解放してくれるようだ。重吉はまた映画を思い出している。

重吉の父より若いが、五十をとうに過ぎたクーパーと、重吉と同じ年齢ぐらいのヘプバーンとのラヴ・ロマンス。このストーリーは、いまブロードウェイでロングランをつづけている『マイ・フェア・レディ』というミュージカルと似ているんじゃないか、重吉はふっとそんな気がする。

『マイ・フェア・レディ』のことは、二、三週間前に週刊誌の「ライフ」で読んでいる。こういう雑誌は、渋谷百軒店の古本屋で一冊十円で売っている。アメリカの雑誌は、重吉にとっては、まだ古本屋で買うものだ。

このミュージカルの曲はラジオの駐留軍放送で聴いたことがあるような気がする。しかし、この英語放送は、重吉には「ファーリースト・ネットワーク」というのしか聞きとれない。といって、英語を聞きとる勉強をしようという気もない。重吉は、アメリカに行くことなど一生ないだろうし、その必要もないと思いこんでいる。

「いい気なもんだ」

と父が言うので、重吉はブリキの灰皿で煙草の火を揉み消す。けれども、父は眼をつぶったままで、まだ居眠りをつづけているらしい。父の頭がかすかに揺れている。

「いい気なもんだ」

とまた父が繰り返す。重吉は自分のことを言われているような気がする。父の寝言であることはわかるのだが、耳に痛い。

「父ちゃん」

と重吉は声をかける。

「おれ、帰るよ」

父が薄目を開け、眠っちまったかと呟き、重吉のほうを見て、うなずく。

「金は明日わたす」

と言う父の言葉に重吉はがっかりする。金をもらうつもりで、旅館にやってきたのである。

父が一日延ばしにするのは毎度のことだから、ここですねてはいけないことは重吉も承知している。

「明日、三越のライオンの前で、十時」

と父が約束するので、重吉もしかたなくうなずいて、立ちあがる。

「あれはどうしてる」

と父は重吉のほうを見ないで尋ねる。

あれが椙枝のことであることは、重吉も知っているのだが、わざと訊きかえす。

「あれって」

「髪の毛の赤い娘だよ」

「子供の芝居で旅に出てるよ。岩手と青森と秋田をまわってる」

「どさまわりか」

「まあ、そんなところです」

「女をつくって、半人前にもなれないいんじゃあ、しょうがあんめい」

「じゃあ、明日」

と重吉は腹立たしい気持で、部屋を出る。

薄暗い都電のなかで、重吉は椙枝を想っている。もう二月(ふたつき)近く彼女に会っていない。二人のあいだには毎日のように手紙の往復があるだけだ。今日はたしか啄木が住んでいたところから近いとかいう田頭村(でんどう)で『王子と乞食』が昼夜二回ではなかったか。椙枝がはいっている劇団は八月末からこの子供の芝居をもって東北巡演の旅に出ている。

「小さい劇団はどこも苦しいのよ」

と椙枝はいつも楽しそうに言う。彼女はたとえ端役であっても、芝居ができるのがうれしい。そういう屈託(くったく)のないところに、重吉は椙枝の育ちのよさを見る。重吉が育ってきた環境とはずいぶんちがう。そのことを重吉が言うと、椙枝はすかさずやりこめる。

「どうしてそんなに僻むの。大学院にいちおう籍があって、お父さんから仕送りがあって、ちゃんと恋人がいるっていうのは、贅沢な話じゃない」

車掌が、つぎは本郷三丁目、と告げる。都電の車掌はどうしていつもくたびれた制服を着ているのだろう。たいてい小柄な中年で、生活に疲れたように見える。

乗客は少ないし、外は霧雨が降っている。それで、車掌の声が陰気に聞こえたのかもしれない。父に会ったあとでは、黙ってろと車掌に言いたくなる。

若木旅館を出たあと、重吉の足は自然に御徒町のほうへ向いている。こまかい雨を避けて、なるべく軒下(のきした)を通りながら、御徒町の駅に出る。読むものがなかったので、駅で夕刊を買ったが、国電に乗る気がしなくて、上野広小路のほうへとぼとぼ歩いてゆく。

どこかで飯を食わなければならないのだが、あいかわらず食欲がない。昨日、銭湯の体重計ではかったら、四十一キロに減っている。いまはいている、兄からもらったズボンもゆるゆるだ。どこも悪くないのに、どこまでやせていくのだろう。

ぼんやりと新聞の広告を見る。黒竜クリーム。このクリームを知っているのは、母が三、四年前に、にきびがなおるそうだよと言って、買ってくれたことがあるからだ。黒竜クリームのモデルが変ったことに、重吉は気がつく。春までは原節子だったのに、いま見ると、山本富士子だ。明色クリンシンクリームは香川京子。ピアスクリームは司葉子。新しい美女たち。

電車が本郷三丁目で停り、数人の男女が乗りこんできて、重吉は閉めきった窓の外に眼をやる。暗くてよくは見えないが、下谷竹町からこの早稲田、厩橋(うまやばし)間の三十九番で通学していたころとあまり変っていない。商店は暗くなると、もう店を閉めてしまうようだ。

車掌が新しい乗客の切符に鋏を入れている。すぐ近くで見る車掌の帽子も紺の制服も乗車券や回数券や釣銭を入れた黒い鞄も靴もみんな古ぼけている。重吉はバスのほうが好きだ。車掌も女だし、そして、新聞広告の化粧品のモデルまで気になるのは、女好きの証拠ではないか。

重吉は、顔が熱くなってきて、新聞のほかの広告に眼を移す。

「山見て一杯、モミジで一杯、秋をサカナに、飲むトリス」ウイスキーは、ポケット瓶が百二十五円だ。これが安いのか高いのか、酒を飲まない重吉にはわからないけれど、この広告は泥くさくもあり、初々しく、そしてつつましくもある。

『昼下りの情事』一般公開の広告が新聞の下三分の一を占めて、大きい。「甘美哀愁の名篇！東京中を沸かせた恋の最高ロマン」

電車が真砂町を過ぎて、春日町へ緩い坂をゆっくりとおりていくとき、重吉はこの映画の一シーンを思い出して、にやにやしたくなる。クーパーが蒸し風呂にはいっているシーンだ。お抱えのバンドがクーパーのために、そこでも演奏していて、バイオリン奏きは楽器にたまった水を流す。クーパーもヘプバーンもよかったけれど、重吉にはこのシーンが一生忘れられないだろう。現実にはありえないことなのに、映画ではちゃんとあって、観客を笑わせる。自分にもそんな想像力があったら、と重吉は羨しく思う。

椙枝が東京にいたら、この映画をいっしょに観ていたかもしれない。彼女が東京にいなければ、重吉はいっそう時間をもてあまして、高田馬場のパール座やアイシス劇場で二本立の映画を観る。パール座は、父がただで借りてくれた高田馬場の二軒長屋の一軒から目と鼻の先にあるし、小便臭いアイシスのほうは歩いてほんの四、五分だ。下駄をはいて出かけ、お金に少し余裕があれば、駅前の巴鮨で寅さんの握る寿司を食べるし（百二十円）、ふところが淋しいときは、ホームラン軒の焼豚がはいっていなくて、ちょっと石油くさいようなラーメン（三十円）を食べて帰ってくる。

「いい気なもんだ」という父の言葉が重吉を刺す。それは父の寝言ではなかったのかもしれない。父を嫌いながら、その父から毎月、金をせびっている。

電車は春日町に着いて、何人かの乗客が冷い霧雨の降る夜の闇へ消えてゆき、また何人かが乗りこんでくる。後楽園が近いけれど、東京もこのあたりは暗い。もう二十分も乗っているだろうか。いや、まだそんなにたってはいまい。高田馬場まであと二十分ぐらいだろうが、都電はいつまでたっても、目的地に着かないような気がする。

下谷竹町に住んでいたころ、帰りは国電を利用したのも、厩橋行にそのような偏見を持っていたためかもしれない。いっしょに帰る仲間がいなかったということもある。

「あなたは淋しがり屋のくせに、人づきあいが下手なのね」

と椙枝は言う。つきあってもう三年になるから、陽気な、声の大きい椙枝はときどき思いきったことを言う。

「図星かしら」

と椙枝は白い歯を見せて笑う。

「だから、僕は翻訳をやりたいんだ」

と重吉は答えたが、いまだに自信もないし、仕事もない。翻訳家として忙しい遠山さんがときどきまわしてくれる下訳の仕事だけである。遠山さんが翻訳したアメリカの探偵小説を読んでいると、いつになったら自分もこんなに巧く訳せるようになるだろうとますます自信がなくなってくる。

「君はヴォキャブラリーが少ないね！」

と言う遠山さんはそれこそ絢爛豪華なヴォキャブラリーが自慢である。重吉はいくら努力しても、その点で遠山さんにはかなわないと絶望的になる。もって生れた才能のちがいのようなものを重吉は感じる。

「君はいつまでたっても巧くならないねえ」

と遠山さんが冗談めかして言ったこともある。そのときは口惜しかったが、あとで、それは遠山さんが叱咤激励したのだと楽観視している。そう思わなければ、どうしようもない。

電車は坂道をあがり、伝通院前で停る。街灯とまばらな家々の灯が十月末の雨にけむって、寒々として見える。腹はまだすいていない。桐枝が手紙に、お食事はかならずとりますように、といつも書いてくる。でも、僕はいまそれどころじゃないんだ、と重吉は言いたくなる。もうそろそろ決着をつけないと。決着という言葉は大げさかもしれない。重吉には、たかが翻訳じゃないかという、高を括る気持もある。

父の言うとおり、翻訳なんて他人のフンドシでスモウをとるようなものだ。大したことじゃない。家で寝ころんで、ペイパーバックを読みながら、ふっと将来のことを考えるとき、重吉はいてても立ってもいられなくなり、活字が一瞬眼にはいらなくなるのだが、大したことじゃないと独り言を言う。相枝と会っていないときは、いつも一人だから、よく独り言を呟いている。

この二年のあいだに、重吉の生活が変ったことといえば、相枝とのあいだがいっそう親密になり、その結果、よく喧嘩するようになり、そしてペイパーバックを前よりも楽に読めるようになったことだろう。週刊誌の「タイム」もいつのまにか読めるようになって、そのことにだいぶたってから気がついている。眼が英語の活字に慣れたらしい。躰が英語という遠い国の言葉になじんだようである。

翻訳をするかたわら、英語の本を気ままに読み、相枝といっしょに生活できたら、としばしば考える。この場合、翻訳の仕事が生活の土台になる。それがなければ、相枝を諦めなければならない。東京で生活することもできなくなるだろう。

重吉は、上野駅でしょんぼりと汽車を待っている自分のあわれな姿を想像する。彼のそばでは、大きな風呂敷包みを持った老婆が新聞紙をプラットフォームにひろげてすわり、干し柿か何かを歯のない口のなかに押しこんでいる。さもなければ、老婆は煙管（きせる）で煙草を喫っているかもしれない。彼女は疑い深そうな眼で重吉をじっと見ている。

「あんちゃんはどこさ行ぐんだ」

と老婆は傷心の重吉に訊くかもしれない。

「おらは岩沼さ帰るんだげど」

重吉が眼をつぶっていると、電車は大曲で大きく揺れながら曲る。眼を開けて、ラジオの番組欄をぼんやり眺める。ラジオ欄の下に小さく、NHK、NTV、KRTのテレビ番組が載っている。

何か読むものを持ってくればよかった。奇妙なことに、時間はたっぷりあるのに、こうして手持ちぶさたで電車に乗っているのは、もったいない気がする。そのくせ、乗客の顔がまったく眼にはいらない。重吉の眼の前に現われては消えてゆく影のようなものだ。それこそ、父がなぜか口にしたアル・カポネのことが出ている、読みかけの雑誌を持ってくるんだった。

その「トルー・ディテクティヴ」というザラ紙の犯罪実話の雑誌を父が見たら、また厭な顔をするだろう。表紙は毎号、それぞれポーズはちがっていても、女が恐怖のあまり口を開けている画だ。その表紙を見ていると、女の悲鳴が聞こえてくるような気がする。ときにキャアだったり、ときにギャアだったりで、この手の雑誌は、重吉が高校や大学で習ったアメリカのように単純明快である。

電車は東五軒町、石切橋を過ぎて、江戸川橋に近づいている。ときどき、自動車が追い抜いてゆく。すれちがう自動車のヘッドライトが細く白い糸のような雨足を浮びあがらせる。上野駅から山手線に乗っていたら、いまごろは高田馬場に着いていたかもしれない。国電のほうが、車内は明るいし、こう冷え冷えとはしていないだろう。

「ヴォーグ」や「ハーパーズ・バザー」のような、ずっしりと重い華やかな雑誌を買う一方で、「トルー・ディテクティヴ」のようなパルプ・マガジンと呼ばれる低俗な雑誌も読む、これは矛盾しているようだが、重吉にはどちらもやめられない。右足と左足がべつべつの方向に向っているようで、重吉はそこで茫然としている。好奇心の強さと自信のなさとが重吉を宙ぶらりんにしているらしい。

「トルー・ディテクティヴ」を重吉は「探偵実話」と訳している。ペイパーバックを無差別に読んでいるうちに、犯罪実話が好きだということに気づいて、それから意識的に読んでいる。とくにギャングもの。ただ、「トルー・ディテクティヴ」はカポネのことが載っていなかったら、見すごしてしまうところだったかもしれない。ビル・ブレナンとかいうシカゴの新聞記者が書いている。

そういう血なまぐさい実録を読んでいて、はじめて知ったことがいくつかある。たとえば、ギャングは集団であり、そのなかの一人を言うときは、ギャングスターということ。こんな初歩的なことは、一匹狼の私立探偵が敢然と犯罪組織に立ちむかうハードボイルドものを読めば、すぐにわかる。この種の探偵小説では、個人が組織に勝つことになっている。それで、重吉も世界である。

犯罪組織なるものに関心を抱いたのかもしれない。重吉にとっては、それもまた興味本位の別

自分でもかなり物好きだと思う。しかし、バートン・ターカスというブルックリンの地方検事が書いた『殺人会社』なんかを深夜、寝床で読んでいると、しだいに興奮してきて、珍しく何十ページも読みすすむ。五百ページ近いこのペイパーバックは、ブルックリンに存在した殺人請負組織を暴露していて、ヴァイオリンのケースに銃を隠し、一人飄然と見知らぬ町に出かけて、完全犯罪に近い人殺しを行い、またブルックリンに舞いもどってくる殺し屋が登場する。たしか、この殺しのアーティストはピッツバーグ・フィルといった。

一年前のいまごろ、この東京で『殺人会社』などという本、それも薄汚れたペイパーバックを読んでいたのは、もしかしたら重吉一人だったかもしれない。面白かったけれど、ああ、俺は役に立たない、くだらないものばかり読んでいると何度思ったことだろう。いい気なものだ、と自分でも呟いている。

カポネのことを知って何になるという気もする。カポネについての知識はきっと無用だろう。「トルー・ディテクティヴ」が二月号でカポネを取り上げたのは、彼が死んで、今年でちょうど十年になるからだろう。カポネは若いころにかかった脳梅毒が服役中に悪化して、廃人同様になり、肺炎を併発して死んだ。生年ははっきりしないが、四十七歳か四十八歳である。暗黒

街の大親分も晩年は悲惨でさびしいものだ。

「あなたはなんでも正反対のものに惹かれるのね。カポネもきっとそうなんだわ」

と渋谷の喫茶店トップで椙枝に言われたことがある。

カポネのことを書いたのを読むのは楽しいのだ、とそのとき重吉は答えている。カポネの人生には裏切りや殺し合いがたくさんある。それが引きよせられるのは、それだけではないのだけれど、それが何であるかはわかっていない。

「カポネってどんな男だったの」

と椙枝に訊かれて、重吉は待っていたように説明する。重吉の気持を察して、本人にはあまり興味のないことを尋ねてくれるのは、椙枝しかいない。

「カポネはスカーフェイス・アルとも呼ばれた。顔の左側に、ナイフで切られた傷痕が三つもあってね、そんなニックネームがついた。十七か八のころらしい……。でも、こんな話、面白くないんじゃないかな」

「そんなに僻まないで。面白いわ」

重吉は説明をつづける。アル・カポネの父親はナポリ生れで、十九世紀末に妻子を連れて、アメリカにわたり、ブルックリンのイタリア人街、つまりスラムに落ちついたこと、この父親は食料品店をはじめて失敗し、床屋になって、一生うだつがあがらなかったこと、アルは七男二女の三番目の子供であること、また、イタリア人の祖先に誇りを持たなかったことなどを語る。

電車は戸塚三丁目に来ている。早稲田を過ぎたのを重吉も気がつかなかったらしい。ヘミングウェイやフォークナーの小説だったら、こんなに考えたりしないだろう。カポネには不思議な親しみをおぼえる。カポネが家庭ではスパゲッティ料理をつくったということを知ると、なぜかうれしくなってくる。大統領や文豪の私生活は何冊もの伝記によって調べがつくけれど、カポネのような、スラム街からのしあがってきたギャングスターの生涯は謎が多い。重吉はそれを自分で探ってみることはできないが、アメリカの物好きなジャーナリストがカポネの人生をつぶさにたどった新しい伝記を読む楽しみがある。

カポネのお父さんは善良な働き者だったにちがいない。九人も子供をつくるなんて、いくらなんでも多すぎたし、息子のアルはそういう融通のきかない、実直な父親をさぞ軽蔑したことだろう。イタリア人の先祖に誇りを持たなかったのは、きっと父親を馬鹿にしていたからだ。

カポネは十九歳のとき、妻を連れてシカゴに逃げている。殺人事件で追われてもいたからだが、貧乏な父や家族のいるニューヨークにきっと未練はなかったのだろう。シカゴでべつの人間になりたかったのだ。

車掌が、まもなく終点高田馬場、お忘れもののないよう、と陰気な声で言う。重吉はのろのろと立ちあがり、出口のほうへ行く。ようやく、少し腹がすいてくる。

電車をおりると、駅前のガード下まで急ぎ足で行く。パチンコ屋から、ターミー・ターミー・アイ・ラヴ・ユー・ソーというデビー・レーノルズの切ない、かすれた声が聞こえてくる。

巴鮨にはいると、客は一人もいない。重吉が七、八人で満員になる小さなこの鮨屋に来るようになって、二年になる。いつも椙枝がいっしょである。はっきりとはおぼえていないが、椙枝を知ってまもないころ、二人とも空腹を感じて、たまたま巴鮨にはいったのかもしれない。ぼんやりと煙草をふかしていた、少し出っ歯の寅さんが重吉を見て、ほっとしたように声をかける。

「お嬢さん、まだ帰らないの」

重吉はにっこりしながら、黙って頷く。巴鮨に来るのは十日ぶりだろうか、ここで食事するときは、この二月近くいつも一人だ。椙枝と重吉がいくらたくさん食べても、勘定を訊くと、寅さんは二百四十円としか答えない。はじめて来たときが二百四十円だったから、寅さんは二人のふところを見抜いて、二人の勘定をそう決めてしまったのかもしれない。重吉が一人のときは、その半額だ。

「いつ帰ってくるんですかね」

と寅さんはこの前と同じことを尋ねる。

「今月末です」

と重吉も同じことを答える。椙枝がいたら、もっとちがった会話になる。椙枝は鮨のたねについて熱心に質問する。

東京の鮨屋にはいって、カウンターで鮨を握ってもらったのは、重吉にとって、この巴鮨がはじめてだ。椙枝だってそうかもしれない。彼女が興奮して、寅さんにマグロやヒラメや赤貝のことを尋ねるのは、鮨屋で職人と話をする機会がなかったからだろう。そういうとき、重吉は寅さんと椙枝のやりとりを黙って聞いている。

寅さんがお茶を出してくれたあと、トロを握って、重吉の前におく。重吉は熱いお茶を飲み、トロを口に入れる。寅さんはワサビをおろしながら、またこの前と同じことを同情するように言う。

「お嬢さんとずいぶん会わないね」

重吉は答えようがない。寅さんはつぎに赤貝を握ってくれる。何を握るか、その順序も同じだ。

「今日は、アナゴがうまいよ」

と寅さんが独り言のように言う。

「いただきます」

と重吉は神妙に言う。

「新劇の女優さんていうのは、髪の毛を赤く染めるんですかね」

と寅さんが訊く。

頭上から、山手線の電車が通過する轟音が落ちてくるようだ。外は風が出てきている。夕刊に出ていた天気予報では、今夜は風雨が強くなる。

地下鉄をおりて、地上に出ると、ライオンの巨大な像の前に、小肥りの父の姿が見える。ソフトをかぶり、ステッキを手首にかけている。チョッキから懐中時計の金色の鎖がのぞいている。

重吉は声をかけるのが恥かしい。父はかならず先に来て待っている。汽車に乗るときでも、発車の一時間前には駅に着いている。手紙の封筒にはたいてい「至急」と書きいれる。速達にすればいいものを、そうはしない。

父は重吉を見つけてにこにこしている。家ではめったに笑うこともないのに、外では人が変ったように愛想がよくなる。

「よく来たな」

と父が言う。

「お金をもらいに来たんだ」

と重吉は無愛想に言う。

一瞬、父はむっとした顔になるが、すぐにこやかな表情になる。

「あとで、あとで小切手をやるよ、な」

父は小さな歩幅でステッキをつきながら、三越の店内にはいってゆく。重吉もしかたなく、うしろからついてゆく。

父と百貨店に来たのは何年ぶりだろう。小学生のころ、仙台の三越に連れていってもらったことがある。玩具売場で、重吉の欲しいものがあって、それを買ってくれとせがんだとき、父が大声で言った言葉がいまも記憶にある。

「こんなものが欲しいのか！」

その声の大きかったこと。まわりの人たちがみんなふりかえって父と重吉を見たほどである。父のことを恥かしいと思うようになったのは、そのとき以来かもしれない。

その帰りに市電に乗ったことも重吉は忘れられない。電車のなかで、父は突然、桃中軒雲右衛門の「南部坂雪の別れ」をうなりだしたのだ。このときも、まわりの乗客が珍奇なものでも見るように眼を丸くしていたのを重吉はおぼえている。

父はいい気持だったのかもしれない。末っ子の重吉を百貨店に連れていくことができてうれしかったのかもしれない。

父が三越で買物があることは、重吉も察しがつく。前方をがにまたで、ちょっと俯きかげんに歩いてゆく父は目的地にまっしぐらに向っているかのようだ。やがて、階段をあがる。五、六歩あとからついてゆく重吉は時間を無駄にしているような気でいる。

二階のシャツ売場で父は足を停める。重吉は少しはなれて立ちどまる。父のほうへ男の店員がやってくる。

父がなにやら店員に話しかける。店員は父を小馬鹿にしたように薄笑いを浮かべている。父は並襟シャツのカラーはあるかと訊いているようだ。普通にしゃべるときの父の声はくぐもっているようで聞きとりにくい。福島県の雪深い村で育ったから、口を大きく開けないで話す。

「そういうものはございません」

と店員が答える。

父の首筋が赤くなるのが重吉にも見てとれる。つぎの瞬間、父の怒鳴り声。

「なにい！」

店員は急におどおどした態度に変る。

父は自分のシャツのカラーを引っぱって、店員に言う。

「このカラーはな、いつもここで買ってきたのだ。それがなんたる言いぐさだ。それが客に接する態度か」

店員が頭を下げている。まだ十一時を少し過ぎたところだから、客はまばらである。それでも、彼らは何ごとかと父のほうを眺めている。父の声が二階全体にひびきわたる。

「丁稚(でっち)じゃあわからん、番頭を出せ！」

重吉は逃げだしたくなる。思わず二、三歩後ずさりする。

店員の上司らしい「番頭」が父のもとへ飛んでくる。上原謙みたいだと重吉は思う。

申訳ございません、と番頭は父に深々と頭を下げている。父は何ごとかぶつぶつ言う。ごもっともですと言う番頭の声が聞こえる。わかればいい、と機嫌をなおした父の声。父は短気だけれど、いつまでもぐずぐず言うことはない。

「一ダース、頼んだよ。二週間後にまた上京するから、こんどはちゃんと用意しておきなさい」

と父は冷静になっているが、声はまだ大きい。カラーを一ダース注文したらしい。

父が重吉のほうへ何ごともなかったかのようにもどってくる。重吉はもう階段のほうへ歩きだしている。父といっしょに来たと思われたくないからだ。

「おいおい」

と父がうしろから声をかけてくる。重吉は立ちどまらずに階段をおりる。

「待て、重吉」

それでも、重吉は足をとめない。父が怒ったのも十分にわかるのだが、「丁稚」と「番頭」が気になっている。父には戦争も占領もアメリカも存在しないかのようだ。

父が追いついて、重吉と並んで歩く。

「あの店員の奴」

と父は言う。

「怪しからん。民主主義というものを知らない、困った奴だ。お客を馬鹿にしてる」

重吉は唖然となる。

「父ちゃんはな、金のないときでも、買物は三越と決めてきた。三越なら無え(ね)ものは無えからな。それがあの店員の奴——」

「でも、あんなに怒鳴らなくてもよかったのに。恥かしかったよ」

重吉はまだ人に見られているような気がする。足が自然に早くなるのは、一刻も早くここから出たいからだ。

「なにも、おまえが恥かしがることはあんめい」

と父の声が大きくなる。父の言うとおりだ。しかし、この恥かしさは重吉にとってどうしようもない。

「怒鳴って清々したよ。東京だからって、小さくなってることはねえ」

ライオンの前に出る。

昨夜の雨は明け方には止んだらしい。薄日がさしていて、天気はだんだんよくなっていくようだ。

重吉は早く父とわかれたい。父がまた何をやらかすかわかったものではない。

中折帽をかぶり、奇妙なカラーをつけ、不恰好な背広を着て、ステッキをつきながら歩く父親はいまどきいないだろう。カラーだけとりかえれば、シャツのほうは二日でも三日でも着ていられるから、父はいまだに並襟シャツを着ているのだろうか。

「どうしてワイシャツにしないの。ワイシャツなら簡単なのに」

と重吉は父に言ってみる。

「ばか」

と父は気分を害したのかもしれない。

「何十年もつづけてきたものをいまになってあっさり変えられるか。父ちゃんはな、税務署だって三十八年勤めて辞めた。三十八年勤続だぞ、重吉」

二人はライオン前に立っている。重吉は父の小切手を待っているのだが、父のほうは忘れたふりをしている。父がもう少しいっしょにいたいのは、重吉にもうすうすわかっている。重吉にしても、父にもう少しつきあってやらなければ、という義務感のようなものがあって、われながらなんと可愛げのない倅だろうと思っている。

「そろそろ昼だ、どうだ、飯でもいっしょに食うか。ゆうべは父ちゃんも用事があって、できなかったからな」

「まだ早いよ、十一時半になってない」

「いいから、いっしょに食うべ」

父はすたすたと歩きだす。つやのあるステッキを前方に押しだすようにしてから、歩道を突き、また前にもどして、歩道を突いている。六十五歳にしては、父の歩き方は若々しい。重吉は父の後姿を見ながら、幼かったころ、父といっしょに風呂にはいって、父のペニスが黒々としていたのを思い出している。

父は道を横断すると、一軒のそば屋にはいる。重吉もあとからはいっていく。

中年の女が奥の席にいる。地味な着物を着た、さびしそうな細面（ほそおもて）のやせた女である。父は彼女のほうへ近づいてゆく。父の顔が笑っている。重吉は彼女を知っている。

「やあ、もう来てたか」

と父は彼女の向い側に腰をおろす。

「重吉、おまえはそっちだ」

と重吉を女のとなりにすわらせる。

「重吉さん」

と女はにこにこしながら言う。重吉は黙って頭を下げるが、どうも居心地が悪い。父が言う。

「おまえはかつ丼でも食って、元気をつけろ。好き嫌いがはげしいから、いつまでたっても、おまえは肥らないんだ」

重吉は店員にかつ丼を注文する。父と女は肉なんばんのうどんを頼んでいる。父はここで彼女と落ちあうことに決めていたらしい。

「桂子さんには、ずいぶん世話になっている。重吉からも礼を言ってくれ」

と父は命令する。

「いいえ、私のほうこそお父さんのお世話になって……」

と桂子はにこにこする。

重吉も微笑を浮べる。それはもちろん苦笑に近い。桂子は父の秘書役をつとめて、もうだいぶんになる。父が税理士になってから、父の仕事を手伝っている。

ふと、母はどうしているだろう、と重吉は思う。母ちゃんが泣いてるぞ、と父に言ってやりたくなる。

父はいかにもうれしそうだ。声からしてふだんとちがう。子供のころの重吉に話しかけた声に似ている。桂子の話に、そうかとか、ほうとか、なるほどとか、いちいち相槌を打っている。彼女は夜行で仙台を発ってきたのかもしれない。

かつ丼と肉なんばんがはこばれてくる。父と桂子はすぐに食べはじめる。重吉は丼のふたをとってみて、食欲のないことがわかる。半分ほど食べて残してしまう。これは寝不足のせいかもしれない。昨夜は「トルー・ディテクティヴ」のカポネの記事を寝床で読みおえてから、起きて、何か読む本はないかと探している。読むべきペイパーバックは無数にあるけれど、眼はさえているのに頭が疲れているようで、小説を新しく読みはじめる気になれない。

「だから、おまえはいつまでたっても虚弱なんだ」

と父の声がする。

「こんなうまいものを残すなんて、もったいない話だ」

「でも、無理に食べることもないでしょう」

と桂子がとりなしてくれる。

父はそうかと言うように頷いて、何も言わない。相手が桂子だから、父は言うことをきいたのだろう。

「そろそろ帰る」

と重吉は言う。この場をはなれたいという気持と二人だけにしてやりたいという気持がある。

それから、どうとでもなれという気持。

父は内ポケットから小さな茶封筒をとりだし、ほれと言って、重吉にわたす。

「辞書代もはいってる」

重吉はなかをあらためないで、背広のポケットにしまい、小さな声ですみませんと言う。ほんとうに申訳ないし、屈辱感もある。

「重吉さん、頑張ってね」

と桂子が励ます。

重吉は椅子から立ちあがる。その動作が緩慢で、自分でももどかしい。さっさと立って、じゃあ、おばさんもお元気でと言いたい。自分の気持がすぐに行動に出るからいけないのだと思う。

父と桂子を残して、重吉はそば屋を出ると、日本橋をわたり、白木屋のほうへ歩いてゆく。父と桂子もまもなく店を出るだろう。午後は、父が関係している室町の小さな自転車製造会社を訪ねるのかもしれない。父が東京に出てくるのは、五つか六つの中小企業の税理士をつとめているからだ。あるいは、その数はもっと多いかもしれないが、正確なことは重吉にもわからない。父は自分の仕事を家族の者に話すことはなかったし、重吉も父の仕事にまったく興味がない。ただ、あっちこっちからこまごまと稼いでいることはわかっている。大きく儲(もう)けたりしないで、いつもせわしなく動きまわって、仕事をするのが父の性分らしい。

「お父さんのおかげで一千万円の税金が二百万円ですみました。いやあ、ほんとに助かりましたよ」

父の用事で、書類のはいった袋を神田のある会社に届けたとき、重吉は社長にそう言われたことがある。その話を重吉が伝えると、父は、余計なことを言うと困ったような顔をしながら、内心はまんざらでもなかったらしい。税務署長だった父は税金のからくりを知悉していたのだろう。

なぜそんなに忙しく働くのか、と重吉は上京した父に訊いてみたことがある。人助けだよ、と父はもっともらしく答えたが、重吉はこの言葉を信じていない。母から聞いた話では、父は退職金をある政治家に出資という名目で巻きあげられてしまったそうだ。しかし、これも嘘か本当かわかったものじゃないと重吉は思っている。父はそんなに甘い男ではない。欲は深いけれど、わりに細心である。

重吉は丸善にはいる。日本橋のあたりに来ることはめったにないから、何年ぶりだろう。丸善では顔が真赤になるほどの恥をかいた経験がある。

そのことを思いだすと、いまでも顔が赤くなる。ベディカーのイタリア案内を買うつもりだったのが、お金が足りなくて買えなかったのだ。その案内書の定価が八百円だと思い、重吉は本と千円札を女店員にわたしたところ、千八百円ですよと言われて、すごすごと引きさがったときの、あの情なさ。あのときはたぶん二千円も持っていなかったのだろう。

ベディカーは、遠山さんにヴェネチアを舞台にした小説の下訳を頼まれて、欲しくなったのである。小説は、ヴェネチアのゴンドリエとイギリスの少女の淡い恋物語だったと思う。その下訳をはじめて、ヴェネチアの地理を知っておく必要を重吉は感じたのだろう。

実は、そんなガイドブックは要らない。重吉が小説をよく読めば、わかることである。しかし、二年前はよく読むとはどういうことかがわからなかったようだ。

重吉は二階の書籍売場に行き、大英和辞典を買う。四年前に改訂されたこの辞典をいまごろ買うのは遅すぎる。買えないことはなかったが、大辞典を買う二千円はいつもペイパーバックや雑誌で消えてゆく。

丸善はペイパーバックも新刊のハードカバーも少ないし、アメリカの雑誌はほとんどない。ただ、イギリスのペンギン・ブックスはずらりと並んでいる。重吉はそこに行ってみる。小説の表紙がオレンジ、探偵小説はダーク・グリーンで、まんなかの白地に書名と著者が出ている、このシリーズは、重吉はあまり好きじゃない。活字が小さくて、びっしり組んであって、重吉のような読者を寄せつけない、もったいぶったところがある。

ペンギン・ブックスが丸善や新宿の紀伊国屋の洋書売場に並びはじめたころ、シグネット・

ブックスやエーヴォン・ブックスといったアメリカのペイパーバックよりも上品な感じがしたものだけれど、重吉はこの二、三年のあいだにすっかりアメリカ製ペイパーバックになじんでしまったらしい。イギリス製のペンギン・ブックスは乙に澄ましていて、大学院をサボってばかりいる重吉には、とりつく島がないような感じなのである。重吉もいつのまにかアメリカナイズされてしまったのだろうか。

重吉は風呂敷に包んだ重い辞書を抱えて、丸善を出る。高田馬場の書店で買ってもよかったのだが、また気が変って、べつな本を買うといけない。

外に出て、空を見あげると、高く青く澄んでいる。今年の秋は雨が多いから、こんなに晴れた日は珍しい。重吉はいい気持で地下鉄に乗る。やっと大辞典を買ってほっとしている。それに、あと五日で椙枝が旅公演から帰ってくるのだ。

渋谷に着くと、百軒店の古本屋へ行く。細い路地の両側は洋服屋が多い。ここへ来はじめたころ、店員たちによく声をかけられたが、最近はそういうこともない。

一人で店番をしていた碇さんが重吉を見て、小さな顔をほころばせる。

「今日は早いじゃない」

と碇さんが立ちあがる。

たいてい夕方にこの古本屋をのぞく重吉は雑誌が新しく入荷したことに気がつく。一週間に二度か三度は来るから、新しいものがはいると、すぐにわかる。

重吉の眼が輝く。スージー・パーカーが白い袖なしのドレスに、同じ白いスカーフを頭に乗せ、白い歯をのぞかせながら、横目で何かを見ている。「ハーパーズ・バザー」の一九五六年五月号。一年以上も前の号なのに、重吉には新鮮に見える。その表紙に「シカゴ・ラヴ・ストーリー　シモーヌ・ド・ボーヴォワール」と刷りこんである。「バザー」のような雑誌はパリ・コレクションだけでなく、フランス文学も掲載する。遠山さんに言わせると、「ハーパーズ・バザー」も「ヴォーグ」もフランスに頭があがらない。

スージー・パーカーが表紙の雑誌がもう一冊ある。婦人雑誌の「マッコールズ」で、去年の四月号だ。この古本屋にはアメリカで発売されたばかりの雑誌が入荷することもあれば、四、五年前のがごっそりはいることもある。重吉は「マッコールズ」のページを開いてみる。スージー・パーカーがカバー・ガールになっているのだから、彼女についての記事が出ているはずだ。

カバー・ガールという英語も、重吉に耳新しい。雑誌の表紙を飾る女のことだ。赤毛のスージー・パーカーはマリリン・モンローやオードリー・ヘプバーンよりも、まちがいなくこの一九五〇年代のカバー・ガールだ、と重吉は思う。彼女は雑誌の表紙を総なめにしている。「ライフ」の表紙にもなっていて、重吉はそれがいつのことだったかも記憶している。一九五二年九月八日号。躰の線がはっきり出た、赤いドレスを着て、俯いているポーズである。ファッション特集の号で、「秋のサイレン・ルック」と全体が赤いその表紙に小さく白抜きで出ている。

こんなことをおぼえているよりも、英語の単語を記憶したほうが、どんなに役に立つことか、それは重吉にもわかっている。それこそ、遠山さんに及ばずとも、日本語の語彙を増やすように努力すべきだろう。

重吉は「ハーパーズ・バザー」と「マッコールズ」の二冊を買う。たぶん、ボーヴォワールは読まないだろう。

碇さんの相棒がもどってくる。頭の禿げあがった、若いころはハンサムだったと思われるおじさんだ。重吉はこの人の名前をいくら聞いても忘れてしまう。碇さんとこのおじさんは軍隊で知り合ったという。

「お茶、飲みませんか」

と碇さんが誘う。

カスミという喫茶店で、重吉は大英和辞典を碇さんに見せる。碇さんとは古本屋から近いこでコーヒーを飲む。重吉がお金を払ったことはない。今日、重吉が買った雑誌は二冊で七十円である。碇さんが払う二人分のコーヒー代は百円だ。

やせて背の小さい碇さんは重吉を可愛がっているようだ。重吉も古本屋に行けば、そのあとでコーヒーをおごってもらえると決めている。喫茶店で二人が話すことはあまりないけれど、ゆっくりコーヒーを飲んでいると、重吉のほうはくつろいだ気分になる。

どこに住んでいるのかと碇さんに尋ねてみたが、碇さんは、三鷹のほうだとしか言わない。なんだか、この得体の知れない人物は浮草に似ている。そして、重吉も自分が浮草みたいな気がしている。

重吉は碇さんから辞書を受けとって、知りたかった単語を引いてみる。"Kleenex"という単語がちゃんと載っていた。「クリーネックス（布地に似た柔らかい人造織物の一種で主にハンケチ用）、同上の商品名」

探偵小説で私立探偵がこれで鼻をかむというシーンがあったのだ。けれど、重吉には、意味がわかっても、クリーネックスが見えてこない。

今日はお金があるんだ、と重吉は言う。渋谷の喫茶店トップで、壁ぎわの小さなテーブルの向うに、陽焼けした椙枝がいる。

ラジオの音楽が低く流れている。タブ・ハンターの「ヤング・ラヴ」。時刻は午後の二時。カウンターに客が三人、みんなサラリーマン風の男で、三人ともコーヒーを飲みながら、新聞を読んでいる。いつも椙枝と重吉に親切にしてくれる小柄な店員は立ったまま、背中で手を組んだまま、こちらを見るともなく見ている。

「私もお金持よ、旅のギャラをいただいたから。五千円札を持っているのよ」

二ヵ月ぶりで会った椙枝はそう言って、重吉をまばたきもしないでじっと見る。重吉は彼女の眼の輝きがまぶしい。椙枝が尋ねる。

「お父さまにいただいたの」

重吉は、父にもらった分はまだ残っているし、遠山さんからも下訳代として五千円もらったことを椙枝に言う。昨日、遠山さんは電報で重吉を有楽町の喫茶店に呼びだして、白い封筒をわたしたのである。

「これ、少ないけど、とっておいて」

と遠山さんは歯切れのいい口調で言う。重吉は礼を言って封筒を受けとる。

「開けてごらん」

と遠山さんに言われて、重吉がおそるおそる封筒を開けると、なかに千円札が五枚。これはたぶん、まだ本になっていないブレット・ハリデイの下訳の謝礼だろう。遠山さんだって貧乏しているのに、と重吉は思う。

「翻訳者の生活って苦しいんだよ」

会うと、遠山さんは重吉にそう言うけれど、その貧乏を苦にしていないところがある。重吉は遠山さんを大学院の教授などよりはるかにすぐれていると信じている。それに、美しい奥さまがいることでも、すごい人だと思う。大宮の遠山さんの古い家へ泊りがけで遊びに行ったとき、重吉は遠山さんが奥さんにキスするところを見ている。遠山さんが新婚まもないころのことだ。

昨日のことを思い出して、重吉は遠山さんのお金のわたし方に感心する。さっと、気前よく遠山さんはわたすのだが、父の場合は恩着せがましい。封筒だって、父と遠山さんとではちがう。東京と仙台のちがいだろうか、都会と田舎のちがいだろうか。

「何を考えているの」

と椙枝が訊く。

今日は、椙枝は濃いグリーンのコーデュロイのスーツを着ている。ブラウスが黄で、彼女の丸い、旅で色が少し黒くなった顔に似合っている。

いろんなことを考えている、と重吉は言う。父のこと、アル・カポネのこと、スージー・パーカーのこと、翻訳のこと、椙枝のこと。一週間前、父は椙枝のことを「髪の毛の赤い娘」と言ったが、旅の子供の芝居では縫いぐるみをかぶった熊の役だったから、髪の色は元にもどっている。

父にいい気なもんだと言われたことを椙枝に話す。お父さまの言うとおりじゃないかしら、と椙枝は笑いながら言う。

「お父さまはあなたをお見とおしなのよ。あなたって、気が弱そうで、人がよさそうに見えて、そのくせ、案外、図々しくて、狡いところもあるの。つまり、朴訥で狡猾」

重吉は、朴訥にして狡猾と言いなおす。

「お父さまにそっくり」

と椙枝はまだ笑顔で言う。

「そして、お父さまは、あなたが危なっかしくて見ていられないんだと思うわ。大学院に行っていないことだって、お父さま、ご存じかもしれない」

二年のあいだに、椙枝はおとなになっている。べつに顔が変ったわけでもないし、服装も話し方も変っていないけれど、はじめていっしょに寝たころとはずいぶんちがっている。どういうところがと言われても、重吉には椙枝が身近すぎてわからない。

おたがいに知りつくしているという気やすさのようなものが、濃い霧のように二人のあいだにある。それは、重吉がはじめて味わうものだったし、椙枝にとってもそうであるにちがいない。

「遠山先生はお仕事をくださらなかったの」

と椙枝は尋ねるので、重吉は頷いてみせる。重吉のほうからは、また下訳させてくださいとは言っていない。そう言えば遠山さんの負担になることを心配したわけではなく、そういう話を切りだすのが怕(こわ)いだけにすぎない。これが椙枝だったら、ごく自然に、先生、お仕事をくださいと言うだろう。椙枝が遠山さんの、いわば教え子だから、甘えることもできるのだ。

「でも、僕は待っているんだ」

と重吉は照れくさそうにコーヒーを飲む。トップのコーヒーはおいしい。椙枝にはじめてここへ連れてこられて、重吉はコーヒーが飲めるようになり、いまは碇さんや遠山さんと喫茶店にはいったときでも、コーヒーを飲んでいる。重吉には、トップのコーヒーが特別においしい。

「大丈夫よ。私、信じているの」

椙枝は力をこめて言う。

でも、自信はない、と重吉は言いそうになる。いくら待っていても、重吉が待っているものがついに訪れないかもしれない。翻訳そのものがきわめてあやふやな職業なのに、そういう職業につこうとしているのは、もっと危険なことだ。

旅はどうだったか、と重吉は訊いてみる。手紙の頻繁なやりとりがあったから、旅のことなど訊かなくたっていいのだが、椙枝からなら、彼女の手紙と同じ内容の話を聞いても楽しいだろう。

「種市(たねいち)ではひどい目に遭ったわ。手紙に書いたでしょう、タコの中毒」

三陸海岸の種市で、タコの酢のものを食べて、劇団の全員が中毒にかかったことは、椙枝の手紙に書いてある。椙枝は三日間も寝たきりだったという。

「あれがこんどの旅の一番の思い出。海がほんとにきれいだったから、タコ中毒がいっそう恨めしくなるの。……『八十ヤード独走』は訳してみたの」

と椙枝が思い出したように訊く。

翻訳は終ったよ、と重吉は答える。でも、未熟なことがわかって、厭になった。

「とっても素敵な短編だと思ったわ」

重吉は椙枝への手紙に「八十ヤード独走」の梗概を書いている。大学フットボールの花形が美人で金持の女と結婚し、毎日遊び暮している（が、一九二九年のウォール街の瓦落で一文無しになり、かつてのスターは酒に溺れ、その妻は雑誌の編集者になって、知的な、生活力のある女に変身し、夫からはなれてゆく。そして、夫は既製服のセールスマンになり、秋の日の午後、母校の人気ないグラウンドで走っている、そんなストーリーである。

重吉がこの短編を読んだのは、「夏服を着た女たち」の作者が書いたからだ。椙枝が旅に出ているあいだに、重吉は「八十ヤード独走」を読んで、こんな素晴しい短編を翻訳できるなら、翻訳の仕事も悪くないという思いを強くしている。重吉が父に、翻訳をやりたいと本心を打明けたのも、「八十ヤード独走」に感動した結果かもしれない。それに、いつかは同じ作者の

「夏服を着た女たち」を訳してみたいと思っている。

それが可能になるのは、五年先か十年先か、あるいは十五年先かはわからない。それでは、たかが短編の一つや二つのために、一生を棒にふることになるのではないか。バカだねえ、おまえは、と重吉は思う。そして、この「思う」は英語で言うと、"think"(思う)ではなくて、"tell myself"(自分に言い聞かせる)だろう。

「大丈夫よ。私、信じているの」

相枝は同じことをこんどはそっと言う。

ラジオから流れてくる曲は、パット・ブーンの「砂に書いたラヴレター」だ。今年のヒット・ソングだ。ヒット・チューンのほうが正しいのかもしれない。

二人は無言で音楽を聴く。コーヒーは二人とも飲んでしまっている。カウンターの客はいなくなっている。小柄な店員がお盆を持って、二人のところに来る。お盆にはオレンジジュースが二つ乗っている。

「どうぞ」

と店員が言うので、相枝と重吉はびっくりして、彼を見あげる。

「どうぞ、ごゆっくり」

「有難う」

まず、相枝が素直に礼を言う。

「ごちそうさま。うれしいわ」

「すみません」

と重吉も言う。

店員が去ると、相枝がつと身をのりだして、重吉にささやく。

「私たち、ここで好かれているみたい。とくに、あのお兄さんに」

重吉もそんな気がする。

「ね」

と相枝が重吉の眼をのぞきこむ。

「私たちに好意を持ってくれている人が、少なくともここに一人いるのよ。素敵じゃない」

と語尾が尻上りになる。

重吉はストローでオレンジジュースを啜る。オレンジを絞ったジュースだから、濃(こく)がある。

相枝もストローで啜る。

午後の陽が窓にさしている。井の頭線の駅に近い露地裏の喫茶店だけれど、陽があたることに重吉ははじめて気がつく。ただ、陽があたる時間は短いだろう。だから、いまの、このひとときが貴重に思われる。たぶん、忘れっぽい重吉でもこの晩秋のよく晴れた午後のことをいつまでも忘れないだろう。

椙枝の両親のことを重吉は訊いてみる。椙枝の両親は一人娘が帰ってきたので、ほっとしているという。僕のことを何か言っていたかと尋ねる。

「怒らないでね」

と椙枝はまず断ってから、正直に話す。

「あなたとつきあうことにまだ反対しているわ。どこの馬の骨かわからない男だって。失礼ね」

「そのとおりかもしれない」

と重吉は認める。父が言うように、一人前じゃないのだから、何を言われても、腹はたたない。父の息子であることにも苛立ちを感じている。その点で、イタリア人であることに誇りを持たなかったカポネに似ているかもしれない。けれども、カポネは一時的にせよ、億万長者になっている。重吉はむろん億万長者になれないが、せめて億万長者の心境で暮してみたいと思う。

「怒った」

と椙枝が訊く。

重吉は首をふる。

「怒るよりも、情ない。ほんとうは怒ったらいいのに。無気力になっているのかな」

「父や母の言うことは気にしないほうがいいわ。私は気にしていないの。だって、これは二人だけのことでしょう」

　重吉は頷いてみせて、またオレンジジュースを啜る。

「でも、こんな話、よしましょう」

　椙枝がそう言うのは、話がそこへ行くと、憂鬱になるからだろう。袋小路にはいったような気がするにちがいない。重吉はその袋小路に慣れっこになっているようだ。それで、何もかも遠い先へと一日延ばしにしている。椙枝の言う、重吉の狡猾なところかもしれない。また、椙枝が言うように、重吉が父にそっくりなら、それは父譲りということになる。父に似ているから、父に反発する。カポネが実直な、要領の悪い父親に反発したように、重吉は生活力の旺盛(おうせい)な父に反感を抱く。

　椙枝が話題を変える。

「『昼下りの情事』、いっしょに観たかったわ。ヘプバーン、素敵だったでしょ」

「よかったよ。ヘプバーンの歩き方が僕は一番好きなんだ」

「ヘプバーンの映画を観てると、私、いつも思う。とても健気(けなげ)で、『小公女』のセーラみたいだって」

「クーパーがよかったし、シュヴァリエが素敵だった。もう一度観てもいいと思ってるんだ。今日、これから観に行こうか。渋谷は全線座でやっているんだ」

「観ましょうよ。でも、もうしばらくここにいないと、ごちそうになったんだから、お店の人に悪いわ」

「銀座でもいいんじゃないか。銀座全線座だから、新橋から行って、映画のあとは、そうだな、牡丹園で焼きそばを食べたいね。もうずいぶん行ってないから」

二人は銀座に出ることにする。今日一日は楽しくしていたいという気持が二人にはある。不確かなことが多すぎるから、そんな気持になる。食事をしたあとは、高田馬場に二人でもどるだろう。その前に、イエナ書店に寄って、どんな新しいペイパーバックが入荷しているか、見てみるかもしれない。

「お父さま、お元気だった」

と栂枝が尋ねる。

あの人はいつも誰よりも元気だよ、と重吉は苦笑まじりで答える。それに、桂子といっしょだったことも伝える。

「いやあね。でも、私、その方に会ってみたい。お父さまの恋人でしょ」

なるほど、恋人か、と重吉は納得する。

「でも、おばさんだよ」

「あなたのお父さまはきっともてるのよ。はじめてお目にかかったとき、私、そう思ったわ。魅力があるの、野暮くさいけれど、明治か大正が生きている感じ」

「ひどいことを言うね」

「いいえ、褒めてるの」

どうしても、父の話になる。これは、重吉が父の蔭にいるということだろう。

小学一年になったころ、父は毎日のように学校をのぞいて、休み時間に遊ぶ重吉を見ている。父の勤める税務署が重吉の小学校のすぐ近くにあったのだ。校庭に立っている父のほうを見ないようにしていた重吉は、すでにあのころから、父を恥かしく感じていたのだろう。しかし、それまで自分の子供に無関心だった父は、躰の虚弱な息子としての重吉をはじめて気づかったのだ。

父がそのとき心に抱いていたものは一つしかなかったことに、重吉はおそまきながら気がつく。愛、それ以外にない。

「お父さまはあなたを愛しているのよ」

と梋枝は言う。

気障(きざ)な台詞(せりふ)だ、と重吉は顔を赤らめるが、彼女の言うとおりだと思わないわけにいかない。

桂子と東京で会っているところを見せつけたのも、父が重吉を信用してのことだろう。重吉が母に告げないことを父は知っている。それに、父は息子を金で縛っている。十分な額ではないが、それがなくては、重吉は東京にいられないし、そうすると、椙枝にも会えなくなる。

「モーゼの十戒をご存じ」

ミッション・スクールの中等部を出た椙枝が尋ねる。

汝、姦淫するなかれというあれだろう、と重吉は言うが、それしか知らない。

「そうじゃないの。私の好きな言葉があるの」

重吉がそれを尋ねると、椙枝はしばらくためらってから答える。

「恥かしいな。でも、言うわ。『汝の父母を敬え』というの。あなたの場合は、『汝の父を敬え』ということになるのかしら。そして、『敬え』というのは、理解しなさいということだと思うの」

椙枝が、重吉には急に年上に見えてくる。理解しろというのは、父の生き方を、ということだろう。難しいことだ。いまは無理かもしれない。ただ、いつか理解できる日が来るのではないか。頭のなかでは理解できても、躰が言うことをきかない。

「でも、『汝の父母を敬え』っていい言葉でしょう」

「いい言葉だ。意味がとても深そうだ」

「そうだと思うの。誰にも、この意味を考えるときがあるはずだわ。……さ、そろそろ出ましょうか」

ラジオの音楽は「テネシー・ワルツ」に変っている。パティ・ページの甘く切ない声。大学二年のときにはやったこの曲が、重吉にはどうも訴えない。もっとべつな歌い方がありそうな気がする。

二人は席を立ち、相枝が、ごちそうさまとあらためて小柄な店員に礼を言い、重吉はお辞儀をする。

毎度有難うございます、と相手は低い声で挨拶する。

外に出ると、相枝が重吉の腕にそっと手を入れてくる。二ヵ月前までなかったことだ。

「うれしい」

と相枝が小声で言う。

重吉は柄にもなく、二枚目の気分になり、井の頭線の木造の階段をあがってゆく。腕に相枝の手のぬくもりを感じながら、地下鉄の駅のほうへ向うとき、いまごろ父はどうしているだろうと思う。

かりに、アル・カポネの父親が重吉の父のような男だったら、スカーフェイス・アルと仲間から怖れられた男はギャングスターにならなかったのではあるまいか。これはあくまでも重吉の仮定である。

アル・カポネの父親はアメリカにわたったとき、まずニューヨーク湾にあるエリス島へ連れていかれたという。そこを通らなければ、貧しい移民たちはアメリカの土を踏むことができない。エリス・アイランドは新世界で一旗あげようという貧乏人たちでごったがえしていたという。彼らの多くは自分の生年月日もわからなかったらしい。移民局の役人たちはそういう無知な移民たちの生年月日を七月四日にしたという。その日はアメリカの独立記念日である。ギャングのことを書いた本によると、七月四日生れのギャングスターが多い。

重吉には、エリス島が上野駅に思われてならない。そのことをいつか証明できたら、とばかなことを考える。

「旅のあいだ、今日が待ちどおしかったわ」

と椙枝が頬を重吉の肩に押しつけてくる。まわりにはたまたま人がいない。重吉もこの二月、椙枝と同じ気持で暮している。

おふくろとアップル・パイ

母が古ぼけた縮緬の巾着から硬そうな灰色のちり紙をとりだし、何か思案するようにゆっくりと二つに折り、それからちり紙に小さな色白の顔を近づけて鼻をかむ。その音は、子供のころに聞いたのと同じような気がする。母が鼻をかむのを見ていると、家では威張っている父の言葉が思い出される。

「うちの嬶は暇さえあれば、鼻をかんでる」

父が、訪ねてきた親しい人に苦笑まじりで偉そうにそう言ったのを、重吉は聞くともなく聞いている。それがいまも記憶にあるのは、たしかに母がよく鼻をかんでいたからだろう。あるいは、カカアという言葉が少年の耳に異様に強くひびいたせいかもしれない。

母はちり紙をまるめて、着物のたもとに入れる。それもまた重吉の子供のころと少しも変っていない。背をまるめた母の姿も見なれている。母はめったに涙を見せないけれど、鼻をかむときは、たいてい泣いているときか泣きたいときだ。そのことを重吉が知ったのは、だいぶあとになってからだが、いま、仙台行準急の三等車の座席に、下駄をぬいで正座する母は、風邪気味で洟が出るらしい。

「東京に出てくると、ほんとに疲れる」

ぽつりとそう言う母は、十三番線のプラットフォームに立っている、がっしりした体軀の計吉とやせた重吉を見くらべている。母は上野駅でこの準急に乗ると、いつもそう言うのだが、重吉には、おまえも東京なんかに来なければよかったのにと暗に言っているように聞こえる。

「帰ったら、ゆっくり休むといいよ」

と重吉はお座なりだが多少は本気で言う。

「天気が天気だったからなあ」

とその横で、ちょっと顔の赤い兄の計吉が呟く。三月中旬に春雷が鳴り、雹が降って、数日すると雪になり、気温が零下にさがったりして、このところ陽気が落ちつかない。いくら丈夫でも、七十近い母には、それがだいぶこたえたようだ。

汽車に乗る前に、まだ時間があって、駅の食堂で昼食をとったときも、母は注文した親子丼にほとんど箸をつけていない。重吉も親子丼を注文して、半分以上も残してしまったが、それは、いやにおつゆが多くてまずかったからだ。汚れた割烹着の女がぞんざいに親子丼をはこんできたので、とたんに食欲がなくなったのかもしれない。食堂の煤けた、ごみごみした、うらぶれたようすも、重吉には自分の姿を見ているような気がしてくる。

休日で母を見送りにきた計吉は、こういうときは、どうせまずい食べものを注文したりしないで、コップ酒を二杯またたくまに水みたいに飲んで、機嫌がいい。東北巡演から久しぶりに東京に帰ってきて、きっとうれしいのだろう。計吉はオーケストラでコントラバスを奏いている。

その食堂でも、母は二度か三度、鼻をかみ、あまり飲むんじゃないよと計吉に注意しているし、重吉には、もっと食べな、と心配そうに言っている。二人とも母のいつもの小言をかるく聞きながす。母の上京を有難いと思いながら、この人の好い老婆をばかにしているところがあるのだ。

開けた窓から、体格が対照的な兄弟を見る母の目はしょぼしょぼしている。昼の陽ざしがプラットフォームの屋根と屋根とのあいだからもれていて、それがまぶしいのかもしれない。今日は晴れていて暖いせいか、プラットフォームばかりか、駅全体が明るくはなやいで見える。それでも、東京駅にはとても及ばない、と重吉は思う。東海道線には、座席に正座するおふくろなんていないだろう。

「部屋をちゃんと掃除するんだよ」

と母が重吉に言う。

「質屋の世話になっちゃだめだよ。こんどだって、背広やら時計やら辞書やらうけだすのにずいぶんかかったんだから。少しは父ちゃんの苦労を考えてみな。おまえはいつになったら一人前になるんだか」

それはわかってる、いちいち言われなくたってわかってる、と重吉は弁解のしようもなく、ふてくされて答える。計吉のほうは、プラットフォームの屋根のあいだからのぞく青空を気持よさそうに眺めている。

車内はまだ空席がだいぶある。母の前の席もあいている。午後一時に出るこの準急はいつもわりにすいている。ひっそりとしているが、ときどき、「そうだべさ」とか、「そうだなし」とかいった相槌を打つ男や女のにごったような声が聞こえてくる。

「二人とも、もう帰っていいよ。寒いから」

と母が言うけれど、計吉は首を振る。

「寒くはないよ。もうすぐ発車だから、いるよ。どうせおれは今日は暇なんだ」

と計吉は前歯の金の入れ歯を見せて、屈託のなさそうな笑みを浮べ、あわてて手で口を押える。いまはこの金歯を恥かしがっているが、中学生だった計吉が金歯を入れたとき、うれしくて学校でも、道を歩いていても、意味なく口を開けて笑ってみたそうだ。おれもばかだねえ、と言いながら、重吉にその話をしたのである。

ここ、あいてますねと言って、オーバーを着た中年の男が母の前の席にボストンバッグをおいて、腰をおろす。オーバーもバッグもくたびれている。男は、暑いとひとりごとを言って、オーバーを脱ぎ、バッグといっしょに網棚にあげる。

母が男にかすかに笑いかけると、男は小声ですみませんと言う。

汽車が動きだしたら、話好きの母はこの乗客に言葉をかけるかもしれない。それとも、疲れているから、仙台までの約八時間、眠っていくのか。重吉はあまり見たことがないけれど、母の寝顔が好きだ。いつだったか、仙台にいっしょに帰ったとき、母が窓ぎわによりかかって、すやすやと眠っていたのをじっと見ていたことがある。とてもいい顔だと思ったとき、マザー・コンプレックスという言葉がひょいと頭に浮んできて、汽車の窓の外に目をやっている。

「もう帰っていい」

と母が再び言う。べつに話もないのに、こうして顔を見合わせていては、母も照れるのだろう。重吉は一刻も早く母とこの上野駅から去ってしまいたい。そういう気持は自分でも説明がつかないのだけれども、母や父といっしょにいると、かならず逃げだしたくなってくる。そこには恥かしいという気持がたぶんにある。しかし、いま、おれは帰ると言うわけにはいかない。重吉一人だったら、母にそう言われると、さっさと帰ってしまうところだろうが、計吉が横にいて動こうとしない。この兄は母との再会を楽しんでいる。

「こんどの巡演の前な」

と計吉が話しかけるので、重吉は母から視線をそらす。

「伊豆の温泉に行ったんだ。修善寺のいい旅館だったよ。おれたちって演奏会で旅によく出るけど、みんなで温泉に行くなんてないだろう。みんな、うれしくなってさ、飲んで酔っぱらって、大風呂に行ったら、ゆかたやどてらを着たまま、どぼんどぼん風呂に飛びこむんだ。もう、すっかりはしゃいじゃって。あとで、こんなに柄の悪い団体客ははじめてだって旅館の女中にずいぶん文句を言われたよ。楽器を持たないで旅行するなんて、みんな久しぶりだったんじゃないかな」

母が目を細めて笑いながら言う。

「ばかだねえ、いい年齢をして。計吉だってもういくつになる?」

「おれ、三十二だよ」

計ちゃんもゆかたを着て、風呂にはいったのか、と重吉は訊いてみる。

「いや、おぼえてない。飛びこんだのは、若い連中だった、おまえと同じくらいの」

その温泉行は、計吉が入団してはじめての慰安旅行だったという。案外、みんなで騒ぐのが好きな計吉が言いだしっぺで実現したのかもしれない。重吉がたまに大宮前のこの兄のアパートを訪れると、たいてい人が集まっていて賑やかであり、笑声がたえない。もちろん、重吉はこういう兄を羨しく思う。仙台にいたころは、計吉は僻み根性が強かったのに、東京で生活するようになってからは、それが消えて、明朗になっている。

「楽隊なんぞにはいって、年齢をとったらどうするんだ」

と父は苦りきって言うが、計吉は「楽隊」の仕事に満足しきっているらしい。重吉は内心、オーケストラの団員なんてサラリーマンと同じじゃないかと思っているが、本人のほうは芸術家のつもりでいる。

母がまた巾着からちり紙を出して、鼻をかむ。鼻の下がいくらか赤くなっている。ちり紙をまるめて、たもとにしまうと、遠慮がちに重吉に言う。

「相枝さんはいつ帰るんだい」

「言ったじゃないか、一週間後だよ。忘れっぽいんだなあ」

重吉はうんざりしたように答える。母の前でついそういう態度をとるのは、母に甘えているからだろう。母は一瞬うつむいてしまうが、また顔をあげる。その顔がさっきよりも老けて見える。

「重吉、心配して言ってるんだぞ」

と計吉が口を出す。誰が心配しているかは重吉にもわかっている。

「母ちゃん」

と重吉は聞こえるか聞こえないかの小さな声で言う。

「そんなに心配しなくていいんだ」

重吉は東京で、母を母ちゃんと呼ぶのが恥かしくて仕方がない。そうしか呼べないことがはなはだ癪(しゃく)にさわる。母ちゃんに相当する英語があるだろうかとときどき考える。ママ、マミー、マザーと口に出してみる。

早く発車のベルが鳴らないか、と重吉は苛々(いらいら)しはじめる。父や母と会っているときは、どうしてこんなに時間のたつのがおそいのだろう。椙枝といっしょにいるときは、そんなことがない。椙枝のことを打明けたとき、母が言った言葉を思い出す。

「おまえも物好きだねえ」

椙枝が一人娘であること、女優の卵であることに母はあきれたらしい。ただ、重吉のすることは、母はたいてい認めてくれている。東京の大学にはいるのも、母の口ぞえがなかったら、父はたぶん許してくれなかっただろう。本当は父も母の言うことを聞きたくなかったのかもしれないが、折れないわけにいかなかったのではないか。

発車の時刻が近づいてきて、空席がだんだんに埋まってゆく。赤ん坊をおぶって、ねんねこを着た若い母親が、母と通路をへだてた席にすわる。そのとなりでは、顔の赤黒い、毛糸の帽子をかぶった男がトリスのポケット瓶を飲んでいる。母と向いあわせにすわった男は朝刊を読んでいる。その新聞に載ったニッカウヰスキーの大きな広告が重吉の目にはいる。ゴールド二千円、ブラック千五百円、ベヤー千二百五十円といった定価の表示が見える。ニッカのゴールドというのを飲んだことがあるか、と計吉に訊いてみる。

「一回か二回あるかなあ。おれがいつも飲んでるのは三百四十円のニッキーだよ。でなければ、トリスか。酒なら、なんでもいい」

「あんまり飲むなよ」

と母がたしなめる。男のような言いまわしだけれど、母が口にすると、そうは聞こえない。重吉の耳には、哀しく優しくひびく。母は父よりもはるかに苦労してきたのではないかと母の声から想像される。

「でも、酒はうまいからなあ」

と計吉は金歯を見せて答える。

「父ちゃんみたいになるなよ。父ちゃんは若いころ一晩にビールを二ダースも飲んだそうだよ。それでもまだ足りなくて、酒を二升飲んだって。その晩、うちに帰ってきたとき、玄関の戸を開けるなり、ぶったおれて起きなかった。その父ちゃんをかつぐようにして運んだときの重かったこと。計吉、酒はからだに毒だよ」

「いや、おれは親父みたいないじきたない飲み方はしない」

「でも、おまえの酒の飲み方は父ちゃんにそっくりだよ。どっちも五黄の寅だしなあ」

「そのおかげで、おれは鰻を食べさせてもらえなかった」

「また、昔のことをむしかえす」

重吉が吹きだすと、計吉も笑う。母も笑っている。三人とも父の言葉を思い出しているのだ。

「寅年生れはな、計吉、鰻を食うと死ぬんだぞ。重吉は躰が弱いから、鰻を食えば、丈夫になるが、おまえは食わなくていい」

そんなの迷信だ、と計吉が食ってかかったことがある。それは、重吉が小学生のころだったかもしれない。すると、計吉は商業学校の生徒だったことになる。計吉の見ている前で、自分一人だけ鰻丼を食べたということがきっとあったにちがいないが、重吉にはその記憶はない。

「調べたわけじゃないが」

と計吉がまだ可笑しそうに言う。

「寅年生れが鰻を食べると死ぬなんて、迷信にもないよ。親父はそういうことをぬけぬけと言うからなあ」

重吉はうなずきながら、考える。父があんなことを言ったのは、貧乏人の子だくさんだったからかもしれない。男の子ばかり六人もいて、父も母も生活に追われつづけていたのだろう。

ただ、末っ子の虚弱な、父や母の言葉を借りれば、ヨジャレの重吉が可愛かったにちがいない。お父さまはあなたを愛しているのよ、と言った椙枝の声が聞こえる。

弁当にお茶という声が近づいてきて、計吉が母に、弁当はいるかと尋ねる。母はくびを横に振って言う。

「もう仙台に着くまで、何も食べなくていい。こんどは、ほんとにくたびれたよ」

「おまえのせいだぞ」

と計吉が冗談めかして言うし、重吉もそのとおりだと思う。この二週間、母は高田馬場の重吉の家で、食事をつくり、洗濯や掃除をしている。母はおそろしく綺麗好きだが、土地に慣れていないから、疲れるにはちがいない。重吉のほうも実は、母に監視されているようで疲れる。春休みだから、と母に言い、それに椙枝が旅に出ていたので、わりに家でごろごろしていたけれど、息子が授業料未納でもう大学院を除籍になっているのを、母はうすうす勘づいているのではないか。それで、一人くよくよ考えているうちに疲れてしまったのではないか。

重吉が大学院に行っていないのを知っているのは、椙枝と計吉の二人だけである。二人に話したわけではないが、重吉の暮しぶりを見てわかったらしい。おまえは大学を出てから、ぐれてしまったな、と計吉に言われたことがある。もうだいぶ前のことだが、ぎくりとしたものだ。もちろんこの秘密を母に知られたくない。それで、今日、母が帰っていくので、ほっとしている。

「もう少し、東京にいると、桜が見られるのになあ」

と計吉が言う。

「桜なあ」

と母は溜息をつく。

「桜なら、仙台でも見られるけどなあ、東照宮の。でも、山上(やまがみ)の桜が一番綺麗だなあ。死ぬまでに、もういっぺん見たいもんだ」

母ちゃんはまだまだ死なないよ、と重吉は言ってやりたいが、そうすると、嘘をつくような気がする。ただ、母が死ぬと思っているわけではなく、むしろ、そういうことをはとんど考えていないのだ。

「でも、死ぬのは、おまえたち二人が嫁をもらってからだ」

もしも母が死んだら困ると利己的に思うにすぎない。

「そいつはいつのことになるんだか」

と計吉が照れて言うが、重吉は黙っている。母が椙枝のことを言っているのはわかる。また、計吉と親しい伸子のこともさしている。一度会ったことのある、眼鏡をかけた伸子は竜泉寺(りゅうせんじ)に独りで住んで、文房具屋に勤め、マンドリンを習っている。年齢は計吉と同じだから、オールドミスといっていいだろう。よく喋る女なんだ、と計吉はまるで悪い女につかまってしまったかのように言うが、その実、恋人ができてうれしそうだ。ものごとにこだわる計吉には似合いのひとかもしれない。重吉は、彼女のさっぱりしたところが好きだ。

計吉と伸子が結婚することはまちがいないだろう。重吉がはじめて会ったときも、二人は喧嘩したのだから、いっしょになったら、どういうことになるだろう。喧嘩することで男と女の仲が深くなってゆくということを何かで読んでいるが、重吉にはそれがまだ実感としてわからない。二人の喧嘩は一種のゲームなのだと思うこともあるが。

母は重吉をじっと見ている。それが母の癖になっている。子供のころ、病気で寝ていて、ふと目を開けると、いつも母の顔がある。こうして母に見られていると、重吉は落ちつかなくなる。何か言いたいのだけれど、口をついて出るのが悪態になりそうで、目をそむけてしまう。母にはいつも憎まれ口ばかりきいている。父には何も言えないせいもあって、母に当るのかもしれない。

母が重吉の名を呼ぶので、母に視線をもどす。母が言いたいことはわかっている。

「言ったってしょうがないな」

と母は諦めた口調になる。

「ろくでもないものにとりつかれてしまったんだから」

母も父と同じく、重吉の部屋にある薄汚れたアメリカのペイパーバックが好きではない。父のように文句は言わないけれど、本棚にぎっしりつまったのや、机に乗ったのやを途方に暮れたような目で見る。母にとっては、それらは「ろくでもないもの」だ。

「椙枝のことか」

と重吉はとぼけて訊いてみる。

「ああ、椙枝さんはいい娘だ。おまえにはもったいない。そうだな、計吉?」

「ああ、はきはきしたいいお嬢さんだと思うよ。もったいないかどうかはわからないな」

拡声器から、まもなく発車するという駅員の声が聞こえてくる。そのアナウンスに東北の訛りがあって、重吉はいやになる。上野はまだ東京ではなく、東北の一部なのだ。

発車のベルが鳴る。

「気をつけて。窓を閉めたほうがいいよ」

と計吉が言う。

母は逆に窓から顔を出して、重吉に言う。

「椙枝さんを泣かすんじゃねえぞ」

母の言葉がベルの音に消されてしまいそうだ。重吉は聞きもらすまいとしている。

「何をしてもいいが、女のひとを泣かすとな……わかったな?」

それから、母は窓を閉める。母の目尻がちょっと濡れているようだ。母は自分のことを言ったのだろうか、と重吉は一瞬思う。

汽車がゆっくりと動きだし、母がじっと重吉を見ている。重吉は手を振る。計吉も手を振っている。長い二週間だった、やっと行ってくれた、と重吉は思う。そういう自分がゾウリムシにも劣るような気がしてくる。

すぐに母の姿が見えなくなると、計吉が踵を返して言う。

「行こう」

重吉は黙ってうなずく。

「こんどはおふくろも長かったな。おまえもほっとしたろう?」

興奮しているのが自分でもわかる。重吉はそれを兄の計吉に気づかれまいとして、まっすぐ前を見ながら、仲見世通りを歩いている。左右の明るい商店には目もくれないが、実はあまり興味がない。安物ばかり売っているとばかにしているのだが、その安物も買えないことが腹立たしくもある。

「いい映画だったな」

と計吉が歩調を合わせながら言う。映画館を出たときも、同じことを言っている。

「小味なところがよかった。B級映画の傑作だな。期待してなかっただけに、観て得したよ。

おい、どっかでお茶でも飲もうか」

　重吉は同意する。計吉は二人で浅草松竹で観た『秘めたる情事』について、もっともらしいことを言ったけれど、重吉も同感であるし、兄以上に拾いものでもしたような気分になっている。映画にはスージー・パーカーが出ているのだ。

「たしか、アンヂェラスっていう喫茶店があったよ。そこに行こうか。そこしか知らないいんだ」

　と言う重吉は浅草には数えるほどしか来ていない。東京に出てきて九年近くになるのに、せいぜい五、六回だろう。相枝とは一度、ペレス・プラドを聴きに、国際劇場へ来たにすぎない。そのときもアンヂェラスでコーヒーを飲んでいる。それに、アップル・パイ。

　浅草にそぐわないような山小屋風のそのアンヂェラスにはいり、計吉と重吉はコーヒーを注文する。計吉がコーヒーを注文するのも珍しいし、二人でいっしょにコーヒーを飲むことも珍しい。

「いっしょに喫茶店にはいるなんて何年ぶりかな」

　と計吉は二階の窓ぎわのテーブルで、店のなかや窓の外に目をやる。通りをへだてて、化粧品店や瀬戸物屋や男ものの既製服店などが並んでいる。それらの商店に午後の陽がさしていて、厚着をした通行人も見かけない。

「いっしょに鮨屋にはいったことはあるけれど、喫茶店はおぼえがないね」

と重吉は不思議な気がする。もしかしたら、今日で二度目かもしれない。最初は、二人が大学にはいって上京した年である。同じ年に二人は大学にはいっている。高校三年の重吉が熱心に受験勉強をするのを見て、計吉は音楽大学にはいる気になったらしい。重吉にとっては、それは迷惑なことである。

そのころ、計吉は家に近い小学校の臨時教員をしていて、音楽を教えていたらしい。甥や姪はみんな計吉のところに集まってきたので、小学生を教えるのは計吉に向いていただろう。しかし、それ以前はバンドをつくって、進駐軍のキャンプをまわったり、旅芸人の伴奏でどさまわりをしている。

大空ヒバリ一座というのを重吉もおぼえている。ストリッパーの大空ヒバリが舞台で踊るとき、その伴奏が計吉のギターだ。

「でも、男なんだよ、大空ヒバリは」

と計吉はのちに話す。

「胸に脱脂綿をまるめたやつをあてて、そいつをコルセットでおさえて踊るんだ」

重吉は見ていないけれど、その舞台のすみっこで計吉がギターを奏いている。商業学校のころ、計吉は親指や人差指から血が流れるほどギターの練習をしている。憑かれたように朝から晩までギターを奏いて、父や母に叱られている。あれは、兄が父や母に反抗する姿だったと重吉は思う。ギターがあったから、計吉は十代にぐれないですんだのかもしれない。そのギターがコントラバスに変り、音楽はポピュラーからクラシックになっている。

コーヒーがはこばれてくる。計吉はブラックのまま、顔をしかめて啜り、重吉はミルクと砂糖を入れて飲む。

「ゲーリー・クーパーがよかったな。渋くて——」

そのとおりだ、と重吉は思う。去年の秋に観た『昼下りの情事』の、女にもてる老実業家の役もよかったが、こんどの妻の野望の犠牲になる老政治家も、老いたクーパーに合っている。

「クーパーのおどおどしたところが泣かせるね。クーパーの奥さんになった女優が凄いもんな。あれはジェラルディン・フィッツジェラルドっていうのか」

計吉の問に、そうだと重吉は答える。計吉が『秘めたる情事』に感心してくれたのは、重吉にはうれしい。この映画を観ようと誘ったのは重吉だったのだから。計吉のほうは、クーパーが出ているから、きっと観る気になったのだろう。

母を上野駅で見送ったあと、計吉と重吉は長い地下道を通り、地下鉄で浅草に出ている。それは計吉が誘ったのである。

「どうせなら、おれは浅草みたいなところに住みたい」

と計吉は言っている。伸子と親しくなったのも、そういう願望があったからだろう。

けれども、浅草に来て、兄弟は何もすることがない。ぶらぶら歩きながら、ストリップ劇場の看板を見ても、のぞいてみる気にはならない。やっぱり浅草なんてつまらないと重吉は思いはじめている。

ふと、映画館の看板が目に飛びこんでくる。クーパーとスージー・パーカーの大きな似顔。ゲーリー・クーパーという文字が大きくて、そのわきに、スージー・パーカーとダイアン・ヴァーシーとジェラルディン・フィッツジェラルドの名前が小さく並んでいる。

あれにしよう、と言ったとき、重吉は、スージー・パーカーの映画が公開中であることは知っていたが、そのうちに観るつもりではあっても、看板を見たときの驚きが大きい。いま、浅草にいることも、上野から来たことも一瞬忘れてしまう。

もちろん、映画は計吉のおごりである。茶のズボンのポケットからしわくちゃの千円札をとりだして、いかにも面倒くさそうに払う。その仕種が、もう頭が薄くなりかけた計吉に似合う。

映画はすでにはじまっている。客の入りが悪いので、二人はうしろの席に楽にすわることができる。こういう映画はもしかしたら浅草のような町に向かないのかもしれない。

堂々たる邸宅がスクリーンにうつしだされる。その前に黒塗りの自動車が停って、三人の男がおりてくる。彼等が邸宅の階段をあがっていくと、玄関のドアが開いて、年とった女が姿を見せる。この家がテン・ノース・フレデリックなのだと重吉は思う。『ノース・フレデリック街十番地』——これが『秘めたる情事』の原題なのだ。

重吉は映画の原作を持っているが、まだ読んではいない。ジョン・オハラのこの長編小説はペイパーバックでも六百ページ近くある。読まなければと気持ばかり焦って、二、三ページ読むと投げだしてしまう。この映画を観たら、たぶん原作を読むことはないだろう。重吉は、原作が一九五五年のベストセラーであることを教える。

「へえ、三年前の本なのか。映画がよかったから、原作もきっといいんだろう。読んでみたいな」

計吉の言葉に嘘はない。翻訳探偵小説の面白さを高校生の重吉に教えたのも、ギターでどさまわりをしていたころの計吉である。エラリー・クィーン、S・S・ヴァン・ダイン、ディクスン・カー、アガサ・クリスティーなど、計吉がいなかったら、重吉は『Yの悲劇』や『僧正殺人事件』や『皇帝の嗅煙草入れ』や『アクロイド殺人事件』なんかを読まなかったにちがいない。もっとあとになってから、読むことになっただろう。計吉はアメリカやイギリスの探偵小説が載っている「宝石」の増刊号をどこからか持ってきて、重吉にわたしている。しかし、重吉が探偵小説に夢中になりはじめたころ、計吉は急速に興味を失っていったらしい。ジョン・オハラの小説の翻訳が一冊もないことを重吉が言うと、計吉は大きく頷く。

「いっそ、おまえが翻訳してみたらどうだ」

その力はまだ自分にはない、と重吉は答える。それに、オハラの小説なんか誰も読まないだろう。二、三年前に橋本福夫という人の翻訳で出たJ・D・サリンジャーの『危険な年齢』に重吉は感動したけれども、ほとんど話題にならなかったらしい。サリンジャーのその原書は例のどぎつい表紙のペイパーバックになって、洋書を並べている古本屋にならたいてい二十円で売っている。当然、重吉は買って持っているはずだが、『秘めたる情事』の原作と同じくまだ目を通していない。

『ライ麦畑でつかまえて（キャッチャー・イン・ザ・ライ）』という題名をどうして『危険な年齢』にしてしまったのか。主人公である落ちこぼれの高校生ホールデン・コーフィールドはいわゆる危険な年齢にある。しかし、題名なんかどうだっていい。重吉がこんなに身近に感じるアメリカの小説を読んだのは、はじめての経験だ。何をしてもうまくゆかず、当てもなく動きまわるコーフィールド少年に共感をおぼえる。

どんな人かわからないが、『危険な年齢』を訳した橋本福夫という翻訳者には、親しみを感じる。それは敬意に近いものだ。こういう新しい、スラングの多い小説を翻訳するのは勇気のいることにちがいない。

「おふくろ、どのへんまで行ったかな。郡山（こおりやま）はまだだろう」

計吉が思い出したように言うので、重吉は、白河(しらかわ)を過ぎるころだろうと答える。

「おふくろも年齢をとったな。昔は男みたいだったのに。おまえは大事に育てられたけど、おれなんかずいぶんなぐられた」

そのことでつねに計吉に引け目を感じている。いっしょにいても、だから、かならずしも居心地はよくない。それは計吉だけにかぎらないので、こうだらだらした生活をつづけていると、他人の視線がこわくなるし、重荷にもなる。重吉は映画の話をはじめる。

「あんなにいいとは思わなかった。もう一回観てもいいな」

本当は、ゲーリー・クーパーの愛人になるスージー・パーカーのことを話したい。クーパーの娘であり、スージー・パーカーの親友である、いかにも勝気で潔癖そうなダイアン・ヴァーシーも話題にしたい。けれども、その話をすると、計吉に何もかも見すかされそうな気がする。相枝にだって話すわけにはいくまい。こういう秘密は一生持ち続けるものだろうか。

それにしても、スージー・パーカーは綺麗だ。幼かったころ、計吉に連れられて、仙台の東一番丁でサーカスに行ったとき、低いちゃちな空中ブランコに乗る真白にドーランを塗った女に見とれたことがあったけれど、そのときと同じ驚きを味わったらしい。

スージー・パーカーの映画は前に一つ観ている。ケーリー・グラントと共演した、彼女の本格的なデビュー作の『よろめき休暇』というのだったが、正直のところ、重吉はがっかりしている。軽い喜劇映画で、彼女はスクリーンに登場するたびに衣裳がちがっているのだが、よくいるハリウッドの映画女優という域を出ていない。映画は彼女の喜劇的な感じを生かそうとしたようだ。それが失敗している。彼女のメーキャップもハリウッド的だったような気がする。『秘めたる情事』はスージー・パーカーの美しさをふんだんに見せている。ダイアン・ヴァーシーも彼女の美しさに負けないが、映画のヒロインはスージー・パーカーなのだ。

彼女はクーパーといっしょに、冬の山荘へ行く。そこには、スキーに来ていた仲間がいて、お父さんと来たのかと言われる。彼女は平気だが、クーパーのほうはショックを受ける。それほどに、クーパーは老けている。そのころには、彼が大統領選挙に出られる可能性はまったくなくなっていて、政治生命を絶たれている。娘（ダイアン・ヴァーシー）は父に同情するが、まさか親友のスージー・パーカーと父が愛をかわしていることはまったく知らない。それで、娘は父親をいっそう気の毒だと思い、母を憎む。

クーパーは失意のうちに死んでゆく。やがて、スージーは結婚する。その結婚式の日、クーパーの娘は何年ぶりかでスージーと再会する。娘はスージーのネックレースに目をとめる。それは父が持っていたものだ。

ここで、娘は父の晩年がかならずしも不幸ではなかったことを知る。父と親友が愛しあったことを娘はよろこぶ。

ジョン・オハラのあの大長編は要約すると、このように単純な初老の男と若い女の恋物語になってしまうのかという気がしないでもない。おそらく、原作者はワシントン政界の裏面を克明に書いているのだろう。映画はそこのところをきれいに省略して、都会的なラヴ・ストーリーに仕立てている。

『秘めたる情事』が白黒だったから、落ちつきのある映画になったのかもしれない。『よろめき休暇』はカラーである。スージー・パーカーはかえって白黒で撮ったほうが、神秘的に見える。

トレンチ・コートを着た姿などとくによかったと重吉は思う。都会的で、颯爽(さっそう)としている。彼女の赤毛がトレンチ・コートに映(は)えるようだ。ただ、彼女がクーパーとそんなにちがわないほど背の高いのが残念でならない。

スージー・パーカーによって、重吉は東京に存在するアメリカとは別のアメリカを知ったような気がしている。進駐軍についてやってきたアメリカの女たちはいずれも肥っていて、原色のけばけばしいドレスを着ている。逞(たくま)しさと泥くささをあわせもった女たちにはなんの魅力も感じない。それどころか、彼女たちがどんな田舎に住んでいるのかと思う。

スージー・パーカーから重吉がいつも連想するのは、“Sophisticated”という形容詞だ。コンサイス英和辞典を引くと、洗練されたとか都会的なといった意味が出ているし、悪ずれしたという意味もある。この形容詞をなんど引いてみたことだろう。そして、コンサイスを引くたびに、このソフィスティケーテッドという形容詞には、スージー・パーカーという実体があるように思われてくる。

計吉がコーヒーを啜る音がする。弟に会っても、あまり話もないことにあらためて気づいているのかもしれない。

「スージー・パーカーっていうのかね、あの、クーパーの愛人になった女優、あれ、いいね。新人だろう」

計吉が訊くので、重吉はにやにやしながら頷く。兄が認めてくれたことがうれしい。

「ああいう映画、おふくろが観たってわからないだろうなあ。親父ならきっと怒る」

と計吉が笑う。

「おふくろはときどき観るそうだよ。三益愛子の母ものはたいてい観たって言ってた」

と重吉は言う。

「でも、親父は活動写真は観たかもしれないが、映画は一回もないだろうな」

「親父が映画の話をするのを聞いたことがないものな。たいてい浪花節の話だ。桃中軒雲右衛門の『南部坂雪の別れ』」

「いやになるなあ」

そう言って、重吉が溜息をつくと、計吉が尋ねる。

「何が?」

「いや、なんでもない」

と重吉はごまかすが、しかし、何がいやなのか、自分でもよくわからない。あるいは、こういうことなのだろうか。年老いた田舎者の母親を送っていった帰りに、外国映画を観て、ファッション雑誌から抜けだしてきたような(そのとおりなのだが)都会的な女に夢中になる自分がなんだかあまりにも貧しくて、情なくなってくる。

二人はコーヒーを飲みおわる。窓の下を見ると、前より人どおりが多くなっている。春分を過ぎて、日が長くなり、外はまだ明るい。なじみのない町に来たという感じがする。

そろそろ出ようか、と重吉が言う。家に帰るにはまだ早いので、渋谷の古本屋に行ってみるつもりでいる。

計吉が伝票を持って立ちあがる。この喫茶店には三十分もいただろうか。その間、話らしい話はしていない。重吉は計吉から遠くはなれてしまったような気がする。計吉も同じ気持でいるかもしれない。子供のころから、はなれたりくっついたりの関係なのだ。

アンヂェラスを出ると、計吉が訊く。

「椙枝はどこをまわってるんだ」

「九州だ。九州の田舎だよ」

「よくつづくね。どさまわりの劇団なんだな」

「子供の芝居をもって地方をまわるんだ。『森は生きている』とか『王子と乞食』とか、子供がよろこぶミュージカル」

「帰ったら、相枝によろしくな」

そう言って、計吉は照明のついた仲見世通りの人込みのなかに消えてゆく。たぶん竜泉寺の伸子のところへ行くのだろう。

重吉はアンヂェラスのほうへふりかえって見る。浅草で知っているのは、この店しかない。しかし、よく知っているとはいえないだろう。場所は知っていても、人を知らないので、これは致命的なことだ。仙台なら、町に出かけてゆくと、知った顔に一人や二人は会う。町がせまいせいもあるけれど、東京ではそういうことはまずない。

広い通りに出て、それから地下鉄の駅のほうへ歩いてゆく。日が暮れかけて、ちょっと寒くなってくる。腹はすいていないが、何か食べたい気分だ。雷門の前を過ぎて、そのまま歩く。渋谷に行ったら、古本屋の碇さんを誘って、何か食べればいい。

地下にもぐり売店で夕刊を買ってから、騒々しい地下鉄に乗る。いつか相枝といっしょに地下鉄に乗ったとき、地下鉄の音で自分の声がまったく聞こえなかったことを思い出す。相枝の声は地下鉄にも負けない。

はじめは、電車はすいていたが、神田あたりからだんだん込んでくる。日本橋で満員になり、すわっている重吉の膝に、前に立つ女の脚がぶつかる。ラッシュアワーにぶつかるのもじつに久しぶりだ。窓を開けたくなるほど、車内が暑い。今年は珍しく暖い冬である。今月の十五日には、もうツバメが大田区で飛んでいたそうだ。

母は郡山まで行ったかもしれない。いや、いまは二本松あたりだろうか。重吉は母にもらったお金をたしかめようと、背広の内ポケットに手をやる。

新橋で乗客がどっとおりるけれど、また新しい客が殺到してくる。虎ノ門でさらに乗客が増えて、女の脚が重吉の膝を押してくる。女は若いけれど、もちろんスージー・パーカーとは似ても似つかない。

夕刊の天気予報を見る。今晩は「北東、一時南西の風暖い」と出ている。明日の日中は暖い。ついで、映画の広告に目をやる。『追憶』がニュー東宝ではじまっている。原題はヘレン・モーガン・ストーリーという。広告はアン・ブライスとポール・ニューマンの主演をうたっている。女性割引一五〇円、早朝学生一五〇円。一般二一〇円。

東劇と丸の内東宝ではラナ・ターナーの『青春物語』だ。ホープ・ラングとロイド・ノーランが出ている。原作の『ペートン・プレース』はたしか家にあるはずだ。ホープ・ラングは、重吉は『若き獅子たち』で見ている。夕刊をぼんやり見ながら、重吉はしだいにやりきれなくなってくる。ホールデン・コーフィールドもこんな気持を味わっていたのではないかとふと思う。

珍しく部屋のなかがきれいに片づいている。ペイパーバックはすべて本棚におさまっているし、雑誌も部屋の片隅にきちんと積んである。「エスクァイア」は「エスクァイア」へ、「ヴォーグ」は「ヴォーグ」とちゃんと別になっている。父が古道具屋から買ってきた木の机には大英和辞典と原稿用紙がある。

重吉がきれい好きなのではなく、ほかにすることがないから、仕方なく部屋のなかを掃除してみる。ペイパーバックをいじると、手が汚れるので、よく手を洗う。

いま、机の前にすわって、母の手紙を読んでいる。「ゆうべブジかえりました」と平がなと片かなのまじった手紙で、鉛筆で書いてある。母が手紙をくれることはめったにないから、昨日届いたときに読んだのだが、今朝、喫茶店のユタからもどって、もう一度読んでいる。二度目でも、判読するのに苦労する。

母の字はたしかにへたくそだ。相枝には母の手紙を見せたことがない。母は、ここで重吉に言ったことを手紙で繰り返している。質屋には行くな、無駄遣いをするな、部屋の掃除をしろといったことをくどくどと書いている。そう思うのは、字があまりにも稚拙だからだろう。きっと母は鉛筆を舐め舐め書いたのだろう。

「おまえのショウライが心ぱいでなりません」と母は気づかっている。「一にちもはやくわたしをあん心させてください」

そして、おしまいに「スギヱさんによろしく」とある。この手紙を書くのに、ずいぶん時間がかかったにちがいない。老眼鏡をかけ、一字一字力をこめて、母は祈るような気持でしたためたのだろう。東京は桜が咲きはじめているが、仙台はまだ寒いから、炬燵にはいって書いたのかもしれない。

読みおわると、封筒に手紙をしまう。封筒の宛名も鉛筆である。机の引出しを開けて、母の手紙を入れる。母の手紙を保存しておく気はないが、なぜか全部とってある。母の老いさきが短いことをぼんやりと感じているのかもしれない。

開けた窓から外に目をやる。こわれかけた低い塀があって、その先は空地だ。空地の向うに二階建の家があり、左のほうに、重吉が行く銭湯の煙突が見える。薄曇りで暖い。八時ごろに目をさましてから、お湯をわかして、髭を剃ったとき、髭剃の刃の冷たさも気にならなくて、春が来たことを肌で感じている。ユタまで下駄をはいて行くときも、もう素足で平気だ。

坂をおりて、ガードをくぐり、高田馬場の駅の前を過ぎて、それから百メートルばかり歩くとき、陽ざしがやわらかく暖い。ユタでは窓ぎわの、新聞や週刊誌がおいてあるところに近い席にすわり、ミルクコーヒーと小さなトースト二枚のモーニングサービスである。窓に陽が当って、重吉が読んでいる朝日新聞に反射する。そのスポーツ欄はプロ野球記者たちの座談会で、今年の期待される新人として長島と杉浦の二人が大きくとりあげられている。ことに長島は、中西が西鉄にはいったときよりも評判がいい。

新聞のあとに、かならず週刊誌を読むのは、いまも時間をもてあましているからだ。この喫茶店は、重吉が一人で何時間いても、文句を言わない。しゃべっている客は少なくて、たいてい重吉のように黙々と新聞か雑誌を読む客が多い。

重吉は「週刊新潮」に目を通すが、連載の『眠狂四郎無頼控』や『柳生武芸帳』は敬遠する。時代小説にはまだなじめない。まずタウン欄を読み、ついで「億万長者七人の夫」という記事を読む。バーバラ・ハットンという、金持の男とばかり結婚して、巨富を築いた女のはなしらしい。見出しに「『夫は金で買える』とうそぶく女の半生」とある。今日は火曜日だから、この週刊誌は昨日発売されたばかりだ。

ユタからもどるとき、憂鬱になっている。一日、本を読むしかないかと思うと、毎日がそんな生活だといっても、気が滅入ってくる。時間は遅々としてすすまないし、しかも無限にある。最近は、古本屋をみてまわるのが唯一の行動みたいになっている。

窓の外を見るのをやめて、机からはなれ、本棚のほうへ行ってみる。ぎっしりとペイパーバックが並んでいるが、そのうちの何十冊読んだだろう。もう一生かかっても読みきれないほどの本の量だ。

これらの本のように、重吉も心が雑然としている。何を読んだらいいのかわからずに、あれも読まなければ、これも読まなければと思いつづけて、本を集める。

重吉は溜息をつく。一体何をやりたいのだと考えてみるが、答はどこにもない。翻訳したいものが一つあって、それは「夏服を着た女たち」という短編小説である。これは目的としてはあまりにも小さいし、それに、ほんの五、六ページの作品なのに、いくら辞書を引いたり考えたりしても、わからないところが何ヵ所かある。その不明の部分がわかる日が来るかもしれないし、もしかしたら来ないかもしれない。それまで待てるだろうか、待てるとしたら、何をして待てばいいのか。

とんだことになってしまったと思う。こんなはずではなかった、虫がよすぎた。反省と後悔の言葉がつぎつぎと頭に浮んでくる。母が心配するのも無理はない。母はろくに字も書けないし、無知な女ではあるけれど、重吉のことを意外に知っている。父以上に母のほうが知っている。大学院にもう顔を出していないことなど百も承知かもしれない。重吉がすごすごと仙台に帰れば、母だけは暖く迎えてくれるだろう。それが重吉にはたまらなくいやだ。上野駅から、こんどは二度と上京できる機会も意志もなく、準急に乗って帰るのが、どうしてもいやだ。

重吉は本棚の前にすわりこんでしまう。目の前に並ぶペイパーバックを見ていない。煙草があるかと上着のポケットに手を入れてみる。ズボンのポケットのなかも探してみる。ユタのマッチが見つかっただけだ。

ふと、目が雑誌の山のほうへ行く。「ハーパーズ・バザー」が一冊だけ別になっている。「タイム」と「ニューズウィーク」の山の上にのっている。重吉はそれを手にとる。無意識のうちに何かを探すような手つきだ。

あぐらをかいたまま、畳の上で一九五六年七月号の「ハーパーズ・バザー」のページをめくる。やがて、ページを繰る重吉の手が止まる。緑のビキニ姿のスージー・パーカーが浅瀬に立ち、かすかに上体を左に曲げ、片手をかざして、こちらを見ている。彼女のうしろに青い空と青い海を分けるまっすぐな水平線が見える。

スージー・パーカーの赤毛が乱れている。肌は薄く日焼けして、おへそが手を触れたくなるほど可愛らしい。「ハーパーズ・バザー」や「ヴォーグ」のようなファッション雑誌でよく見かけるポーズだが、この写真にはソフィスティケーテッドな雰囲気がある。写真家の名前が出ていて、リチャード・アヴェドン。

いつのまにか重吉は寝ころんで、じっとスージー・パーカーを見ている。数日前、浅草の映画館で観た『秘めたる情事』を思い出している。映画で彼女がどんな服装をしていたかはおぼえていないが、彼女の歯を見せた微笑は忘れられない。

何時間眠っていただろうか、目がさめると、西日が机の前の窓からさしこんでいる。これが夏だったら、耐えられないほど暑いが、いまごろは部屋のなかを暖くしてくれる。日が暮れても、部屋のなかがまだ暖いことがある。

ここに訪ねてくる人はいない。このぼろ家にやってきたのは、椙枝以外に数えるほどしかいない。重吉がかりに頓死したとしても、二、三日は気づく人がいないだろう。一週間に一度洗濯してくれるとなりの奥さんが気がついて驚くだけかもしれない。

重吉は寝床から起きあがって、台所に行き、水で顔を洗い、ついでに鏡を見ながら、いまいましいにきびを一つつぶす。いまなら銭湯はすいているはずだが、昨日の夕方に行ったばかりだ。

ここに移ってきたころは、それでも、大学の同級生たちがときどき訪ねてきている。それがだんだんに減っていって、いまはほとんどつきあいがない。みんな一人前になっているので、重吉などに会ってもおもしろくないのだろう。重吉にしても会いたくはない。

自分が日に日に追いつめられていることがよくわかる。机の椅子にもどってすわってみても、なんとなく落ちつかない。机がおいてある部屋と布団が敷いたままの部屋を行ったり来たりしているうちに、それもばからしくなって、椅子にすわる。

こういうときこそ、サリンジャーの原書と橋本福夫訳を丹念に読みくらべてみればいいのに、そんなふうにじっくりと腰をすえる気になれない。もっと手っとりばやく翻訳がうまくなれないものかと気ばかり焦るのは、結局、実力がないからだろう。

いや、そんなことはない、君は実力をつけているよ、と遠山さんは、母が来る前に会ったとき、そう褒めてくれたが、重吉はこの有難い言葉をまだ信じかねている。遠山さんには、重吉がさすがに焦っているのがわかったらしく、しきりに、待ちなさい、もう少しの辛抱だと励ましている。でも、翻訳者になったって、ろくなことないよ、この僕を見てごらんなさいとも楽しそうに言う。

そこで、遠山さんも世の中からはずれた人だ、と重吉は単純に思う。一度もサラリーマンの生活をしたことがないから、大胆なことも言えるし、重吉の生活を不思議とも異常ともみないのだろう。そして、遠山さんのそういうところに、重吉自身甘えてきたのかもしれない。

「おれにも甘えているぞ」

という父の声が聞こえてくるようで、重吉は立ちあがる。うまい具合に腹も少しすいてきている。こういうとき、いっしょに食事ができる相手がいればいいのだけれど、相枝がいないいまは、一人で食べるしかない。

　大都会に行って、二階の薄暗い席にすわり、ハンバーグとご飯を注文する。クラシックを聴かせる喫茶店兼レストランのこの店を重吉はときどき利用する。ここへ来る前に駅前で買った夕刊を読みながら、目玉焼ののっかった大きなハンバーグを黙々と食べるのもわびしいものだ。大都会ではいつもハンバーグと決まっている。メニューにはいろんな料理がのっているけれども、ここへ来ると反射的にハンバーグを注文してしまう。食べものに対して臆病で消極的なのではないかと思う。

　椙枝と知りあってまもないころ、重吉の家で彼女は料理をつくってくれたのだが、セロリとレタスをおそるおそる食べて、彼女に笑われたのが忘れられない。子供のころから食べている椙枝は、重吉がセロリやレタスを知らないことに驚いたらしい。以後、椙枝が重吉の家で食事を用意するときは、八百屋にセロリとレタスがあると、かならず食卓にのせている。

「躰にいいのよ」

　と彼女に言われなくても、重吉はいまではこの二つの野菜を食べる。大都会のハンバーグには、セロリもレタスもついてこない。キャベツが皿のはしにのっている。

　重吉のまわりは、早稲田の学生で込んでいる。女子学生もまじっていて、いかにも明るい。春休みなのに、どうして学生が多いのだろう。それで、今日は卒業式だったのではないかと思いあたる。

重吉は大都会を出るが、これからどこへ行くという当てもない。外は生暖く、今夜あたりから雨になりそうだ。重吉はそのまま家に帰り、机の前の椅子に力なく腰をおろす。今日も何もしなかったのに、躰も神経も疲れきっている。

机の本立に入れたハードカバーをとりだす。重吉が持っている数少ないハードカバーの一冊だ。「夏服を着た女たち」を書いた作家の短編集である。この本がイギリスの出版社から出ていることを調べて突きとめたときのうれしい驚き、そして、新宿の紀伊国屋書店に注文して、本が届いたときの、ほっとした気持が懐しい。

「夏服を着た女たち」をまた読みはじめる。なんども読んだので、半分暗記しているし、頭のなかに訳文も少しできている。中年の倦怠期にさしかかった夫婦の物語。日曜日の朝、二人はニューヨークでピクニックでもしているような気分らしい。妻は美しすぎるほど美しいのに、夫のほうはほかの女に目が行ってしまう。しかし、痴話喧嘩をしたあと、電話をかけにゆく妻の後姿を見ながらなんて可愛らしい女だろう、なんて素敵な脚だろうと思うのである。

ソフィスティケーテッドだ、と重吉はつい思ってしまう。スージー・パーカーに共通するかろやかなものがある。なんでもないおはなしなのに、洒落(しゃれ)ている。「夏服を着た女たち」の作者はひょっとしたらスージー・パーカーのような女を空想していたのかもしれない。しかし、そこまで考えるのは、うがちすぎというものだろう。

やっと重吉の気持が落ちついてくる。遠山さんに訊かれたことがある。

「ポイント・オブ・ノー・リターンというの、君、知ってる？」

もちろん、重吉にはわからないので、意味を尋ねる。こういう場合、遠山さんはもったいぶったりしない。

「帰還不能地点と訳すんだそうだ。飛行機なんかでね、燃料不足のために引き返せなくなるところまで来てしまったということなんだ。転じて、引くに引けない状態ということになるのね」

あのとき——この前、「待ちなさい」と言われたとき——遠山さんは重吉のことを言ったのだろうか。君はいまさら帰るに帰れないんだよ、と暗に。帰るとすれば、その機会はいくらでもあったのに、君は帰らなかったじゃないか、とも。

「でも、そんなに深刻に考えることでもないんだよ。僕だってこうやってなんとか生きているんだから」

と遠山さんは朗らかに笑う。小柄なくせに、ハッハハッと豪快に笑う人だ。

安心すると、重吉はマスターベートしたくなってきて、早くもペニスが固い。これは若いからではなく、精力だけは人並すぐれているということではないか。まさか、と重吉は思う。若くて暇があるから、そして、仕事がないから、女のことをふっと考えてしまうんだ。

重吉は雑誌の山に目をやりながら、自分をもてあましている。


もう終るよ、と重吉は声にならない呟きをもらす。椙枝は重吉の背中に手をまわし、目をつぶったまま頷く。薄暗いスタンドの明りのなかで、椙枝も声にならない声をあげている。閉じられた目がうっすらと濡れている。二人はしばらく抱きあって動かない。

やがて、椙枝は目を開けて、にっこり笑い、そっと言う。

「よかった」

スタンドの照明を明るくすると、やせていた椙枝が少しふとったように見える。四十日ぶりに会って、重吉は椙枝が女らしくなったことにあらためて気がつく。その原因が全部とはいわないまでも、自分にあるという自信があって、誇らしい気持にひたる。

重吉は服を着ると、西側の窓を開けて、四月の夜の風を入れる。ブルーの厚地のワンピースを着た椙枝が窓ぎわにやってくる。顔が火照っていて、ひろい額に汗が光っている。いい気持、と呟く。長くした髪が風でかすかに揺れている。二人が立っているところは暗い。重吉を見る椙枝の大きな目が輝いている。

夕食はすんでいる。椙枝が近所の肉屋と八百屋で買ってきたステーキとサラダ。ご飯は重吉が鍋でたいている。食事のあいだ、椙枝は旅の話をする。舞台監督や俳優の、符牒のような名前がつぎつぎにとびだしてくるが、重吉はその人たちの顔をごくわずかしかおぼえていないけれど、なんども聞いているので、おなじみになっている。眠いという話と眠ったという話が多いのは、ちがう場所で一日二回公演という強行軍のせいだろう。汽車は三等車で、そこでどうやって眠るかもおもしろそうに説明する。

話を聞きながら、重吉は自分はとてもついてゆけないと思う。二、三十人のグループが何日も何日も旅をつづけるのは、たまらないことだ。育ちのいい椙枝だからこそ屈託なくできるのだろう。兄の計吉も団体行動が好きなほうだ。

重吉のほうから話すことはあまりない。母が来たこと、計吉に会ったこと、それから遠山さんに我慢しなさいと言われたこと。しかし、母が椙枝について言ったことは話してない。『秘めたる情事』が意外によかったことは言ってある。

「スージー・パーカーがよかったんでしょう」

と椙枝に言われたとき、重吉は悪戯が見つかったかのように赤くなっている。しかし、彼女はそれ以上スージー・パーカーには触れない。ほかに話題がたくさんあるし、重吉はもっぱら聞き役である。そういう関係がもうまる三年以上もつづいている。東京の生活を教えてくれるという意味で、椙枝は重吉の先生なのだ。どちらもそのことを意識してはいるが、口には出さない。

「そろそろ帰らなければ」

と椙枝が言う。時刻はもう九時に近い。

「送っていくよ」

と重吉はまた四十日前の生活にもどったことを知る。椙枝に会ったときは、いつも送ってゆく。それは毎日送ってゆくということだけれど、この役が気に入っている。

椙枝はかならず経堂の家に帰ってゆく。重吉の家に泊らないということで、二人の関係がつづいているようにも思われる。

もし椙枝が芝居の仕事以外で外泊したりしたら、彼女の両親は怒るよりもかなしむだろう。彼等は一人娘が外泊しないということで、かろうじて重吉との交際を黙認しているらしい。

椙枝が芝居をやることに両親は反対だったと聞いている。一人で暮しをたててゆけるように、薬科大学のようなところに入れて、ゆくゆくは薬剤師にでもなってもらいたかったようだ。けれども、重吉が父に反抗したように、椙枝もまた両親の希望に従わなかったのである。そんなところで、同じような立場だということで、二人は結びついたのかもしれない。むろん、重吉はそれだけではないと信じている。

椙枝は重吉の椅子にすわって、スタンドの明りをつける。辞書類が本立にきちんとおさまっている。パーカーの安い万年筆とインクがおいてある。それにハードカバーが一冊。

「あら、アーウィン・ショー」

と気がついて、椙枝はそのハードカバーを手にとる。

「カバーがだいぶ汚れてしまったわね」

たしかにオレンジ色のカバーに手垢がついて、古ぼけた感じをあたえる。この本のなかにあの「夏服を着た女たち」が収められているとは思えないほど、そのカバーはくすんでいて野暮くさい。そこにイギリスとアメリカの本のちがいがある。どちらかというと、ハードカバーでは、重吉はアメリカのほうが好きだ。

「また読んでいたの」

と椙枝が本から顔をあげて尋ねるので、重吉はしばらく迷ってから答える。

「追いつめられた気持になると、ほかのものを読む気がしなくて、アーウィン・ショーを読む。ぼくのやりたいものはこの本のなかにあるような気がするんだ。こんなにいいものが翻訳できないんだったら、それでもいいやって諦めもつく」

「いい覚悟ね」

ぽつりと椙枝が言う。その声は重吉を力づける。彼の生涯を何もかも認めてくれているように思われる。

「もう焦ったって仕方がないでしょ。あなたはできるのよ。『夏服を着た女たち』のような素敵な小説を見つけてくるだけの目を持っているんだから。遠山さんが褒めたり励ましたりしてくれたのも、けっしてお座なりじゃないと思うわ。あなたの力を十分に認めているのよ。ただ、チャンスに恵まれないだけ。あなたのように一つのことに打ちこんでいくのは、私、とても素晴しいことだと思う」

「激賞、また激賞じゃないか。お世辞にしても気休めにしても、僕はうれしい」

「お世辞でも気休めでもないわ。もっと自信をお持ちになったら？　でも、ちゃんと持ってるわね。ないふりをして、同情を誘うようなところがあるわ。朴訥にして狡猾なところ。さあ、こんどこそ帰らないと」

だから、母は、汽車が出るときに、あんなことを言ったんだな、と重吉はいま思う。椙枝を泣かせるようなことをしてはいけないと言ったのは、母なりに椙枝が息子の味方であることを見きわめていたからだろう。それは、どうしようもない子供を抱えた親の最後の望みかもしれない。しかし、当の重吉が母の気持を何も忖度することはない。

二人は重吉の家を出ると、路地に出て、裏道を駅のほうへ歩いていく。いっしょに寝たので、さっぱりした気持である。そのことをあまり深く考えたりしないし、考えるにはまだ若すぎる。

「お母さまに会いたかったわ」

椙枝は肩にかけたバッグをぶらぶらさせながら、思い出したように言う。

「また来るさ」

と重吉は言うが、できれば母には来てもらいたくない。母を上野駅まで迎えにゆき、また送っていくのが、いまや億劫になっている。そして、そんなふうに母親を考えている自分自身を、この親不孝者めとどなりつけてやりたい気もする。

「お母さまにも計吉さんにも会いたいわ」

「兄貴にならいつだって会える。いっしょに行けば、喜んでおごってくれる」

それで、重吉は四、五日のうちに計吉のアパートへ連れていくことを椙枝に約束する。駅に着いて、重吉は新宿までの切符を買ってから、ふと、ユタに行ってみないかと誘ってみる。椙枝がすぐに同意したのは、彼女もまた別れがたかったからにちがいない。それに、春の宵と月並なことを言いたくなるほど微風が快い春の夜だ。

「行きましょ」

と椙枝は駅の人込みのなかで重吉の手をとり、改札口からはなれる。

「忘れてたんだけれど、東京に帰ったら、ぜひ食べなきゃと思っていたものがあるの」

重吉は訊くが、椙枝は教えない。

「つまらないものよ。ただ、九州の田舎をまわっているあいだ、無性に食べたかったもの」

ユタに行ってみると、客はそう多くない。一人で来ている客ばかりで、朝と同じように思い思いに新聞や週刊誌を読んでいる。コック帽をかぶった初老の主人がカウンターの上のコップや茶碗をうしろの棚に片づけはじめている。その手つきが丁寧で、見ていて気持がいい。重吉と椙枝はテレビの受像機に近いテーブルにすわる。ここにテレビがはいったころ、力道山のプロレスをよく見にきたものだ。プロ野球の中継もユタで見ている。

若い店員が来て、重吉はコーヒーを二つ注文する。向い合わせにすわった椙枝が店員に言いつける。

「それから、アップル・パイを一つね。——あなたは?」

と重吉を見る。

「それだったのか。じゃあ、僕も食べよう」

店員が去ると、椙枝が小さなテーブルに身をのりだしてくる。

「ね、アップル・パイだったのよ。ある町の喫茶店でいただいたアップル・パイがあんまりひどかったんで、どうしてもおいしいのが食べたくなったの。そういう気持ってわかるでしょ」

重吉はにやにやしながら頷いて、自分にも似たような経験があることを話す。仙台に帰ると、東京のコーヒーが飲みたくなるのだけれど、仙台のコーヒーがべつにまずいというわけではない。たぶん、たんに味だけではなく、店の雰囲気のちがいで、東京のコーヒーが飲みたくなるのだろう。それだけ、東京の生活が長くなったということでもある。先刻の若い店員がお盆にのせたコーヒーとアップル・パイを運んできて、テーブルにおく。

「あら、生クリームがかかっているわ。まあ、うれしい」

と椙枝が子供みたいに大声を出す。さっそく、スプーンですくって舐めてみる。

「シナモンの味がするわ」

重吉はコーヒーにミルクを注ぐ。椙枝はフォークで一切れ切って、口に入れる。味はどうかと重吉が訊くと、彼女はただ頷くだけだ。重吉もフォークで切ったのに生クリームをかけて食べてみる。甘いやわらかなりんごとパイの皮とがうまく溶けあい、それに生クリームが加わって、口のなかにひろがってゆく。

「ね、おいしいでしょ？」

と椙枝はもう二切れ目を食べようとしている。重吉はコーヒーを飲む。コーヒーの苦(にが)さがアップル・パイに合っているようだ。

「アップル・パイってこんなにおいしいと思わなかったわ」

重吉は椙枝の言葉に黙って頷く。それから、アップル・パイがどこの名産かと訊いてみる。

「名産て？」

と相枝がけげんそうな顔をする。

「ああ、わかった。アメリカでしょ」

重吉は、「ママと星条旗とアップル・パイのようにアメリカ的だ」という表現があることを話してみる。裁判で弁護士がよくこういう表現を使うそうだ。そのあとで、僕はこういうどうでもいいようなことばかり知っている、と弁解する。

「そんなことないわ」

と相枝は否定する。

「はじめて聞く、楽しいお話よ。役に立つ立たないは、あなたが考えることじゃないでしょう」

それは他人が決めることだと重吉も納得する。他人のことを気にしないような顔をしながら、じつに大いに気にしている、そういう卑しい自分が見えてくる。

「ねえ、失礼なことを訊いてもいい?」

コーヒーを一口飲んで、相枝が尋ねる。どうぞ、と重吉は言う。

「お母さま、アップル・パイなんか召しあがったことある?」

母は甘いものがそんなに好きではない。夕食後にかならず饅頭を半個食べる父のほうが甘いものは好物だ。とくに酒を控えるようになってから、和菓子をうまそうに食べる。けれども、父がショートケーキなどを口にするのを見たことはない。

「さあ、どうかなあ」

と重吉は考えこんでしまう。

「シュークリームなら食べたことがあるだろうけど、アップル・パイはないんじゃないかなあ。おふくろは辛い煎餅が好きなんだ」

「うちの母はときどきアップル・パイをつくるのよ」

たぶん、母はアップル・パイを一度も食べていないだろう。それは、重吉の心のなかで徐々に確信になってゆく。明治三十何年かに生れ、農家に育ち、大正から昭和にかけて東北の小都市を転々とした女がアップル・パイを食べるはずがないではないか。母が食べたのはせいぜい焼りんごぐらいだろう。もしかしたら、アップル・パイは嫌いかもしれない。

「いけないことを言っちゃったかしら」

と相枝はすまなそうに言う。そんなことはないと重吉は慰める。母がアップル・パイを食べたことがないからといって、母が悪いわけではない。戦争では、母は苦労しただけにすぎない。戦争が終っても、母の世界は変らなかったにちがいない。父や息子たちが変っていったのである。

アップル・パイを食べなかった女の息子が、いまおいしそうにアップル・パイを食べている。

その倅は母親と無縁の世界にはいりかけている。東京、アメリカ、スージー・パーカー、「夏服を着た女たち」……そうだ、マフィアもあった。

「何を考えこんでいるの。やっぱり私が悪かったみたい」

そんなことはない、と重吉はあわてて言う。

「不思議な気がするだけさ。もし僕が東京に生れていたら、どうなっていたかなあと思うんだ。やはり、『夏服を着た女たち』を訳してみたいと思うだろうか。でも、こんなことを仮定したって仕方がない。それはわかっているんだけれど、気障な言い方をすると、僕はおふくろとアップル・パイのあいだで、ゆらゆら揺れているような気がする。あいかわらず宙ぶらりんで。その宙ぶらりんはいやなんだけれど、やめたくなるほどいやじゃない。こうやって、無責任にぶらぶらしているのは悪いことだけれど、楽しくないこともないんだ、親父やおふくろに申訳ないが」

「私も気障なことを言っていいかしら。そういう状態はビタースウィートっていうんじゃない？　ビタースウィートな宙ぶらりん」

「アムビヴァレントという形容詞もある」

「知らないわ。どういう意味？」

「愛と憎しみが相半ばした感情をいうらしい。好きでもあるし嫌いでもあるしというところかな。そういうことってよくあるんじゃないか」

「そうね、あるわ」

重吉は残ったアップル・パイを食べ、コーヒーを飲みおえる。椙枝もコーヒーを飲んでしまう。二人は同時に立ちあがる。ここに来て、すでに四十分もたっている。店を出ると、椙枝が言う。

「今日は楽しかったわ。素敵な夜でした」

重吉は照れて、何も言えない。ズボンのポケットに両手をつっこんで、うつむいて歩いてゆく。ユタと道をへだてた小学校の校舎がまっくらだ。都電が数人の客を乗せて、のろのろと戸塚のほうへ走ってゆく。東京駅の丸の内側から出ている石神井公園行きの赤い関東バスが目の前を去ってゆく。

「おなかは?」

と椙枝が訊く。

「私、お金あるのよ、今日は。お鮨は?」

アップル・パイを食べたばかりで、重吉は空腹ではない。それに夕方にはビーフステーキを食べている。

「おぼえている、三年前だったかしら、下北沢の駅で私が泣きだしたこと?」

おぼえている、と重吉は答える。あの六月の夜のことはよく思い出す。とくに椙枝が旅に出ているときは、途方に暮れた彼女の顔がふと目の前に浮んできたりする。

「あのとき、あなたとならいっしょに死んでもいいなあと思ったの。ほんとよ。あなた、もてるのよ」

椙枝はくすくす笑いだす。自分の言葉に恥かしくなったのかもしれない。しかし、重吉もあの夜、同じようなことを考えている。死にたくはなかったが、この女とならという気持はたしかにあったと思う。

「でも、生きてきちゃった」

と椙枝はまだ笑っている。

「うん。なんとか生きてきた」

重吉も笑いだす。

「案外、簡単だったんじゃない?」

そうだったかもしれない、と重吉は思う。一番難しいことがなんとなくできてしまったらしい。べつに大人になったというわけではなく、椙枝が東京にいるとき、二人が毎日のように会っているあいだに、三年が過ぎていこうとしている。

アップル・パイ一つからも、二人がおよそかけはなれた環境で育ったことがわかる。アップル・パイをつくる母親の娘と、アップル・パイを食べたことのない母親の息子と。どうしてこんなことがありうるのだろう、おれはついてるぞ、と重吉はひそかに思う。

明日は、と重吉が尋ねる。

「劇団の総会が夕方まであるの。終ったら、ここに来るわ。またご飯つくるわね。明日は何かお魚にしようかしら」

「僕はなんでも食べるよ」

「いい覚悟ね」

二人は高田馬場駅に着く。改札口を抜けて階段をあがり、プラットフォームに出る。そこから重吉の家のほうを見ると、「何でもOK、ホイットマン主義」という質屋のネオンサインが目を惹く。やがて、電車が来て、二人は乗りこむ。新宿で小田急線に乗り換える、いつものコースだ。ネオンサイン輝く質屋から母が出してくれた腕時計を見て、十二時には家に帰れるだろうと重吉は計算する。

黄色のサマー・ドレス

窓から弱い西日がさしていて、部屋のなかは明るく暖い。三時ごろまでは薄暗い奥の部屋のまんなかにある炬燵のあたりまで、陽ざしが伸びている。薄汚れたペイパーバックが組立式の本棚にぎっしり並んでいるだけの殺風景な部屋だが、二月の今日はちょっぴり花やかな感じがする。

机の横の火鉢にかけた薬缶の口から白い湯気がのぼっている。その傍に、椙枝の黒い小さなハンドバッグがおいてある。

夕食の買物に出かけた椙枝はまもなくもどるだろう。ステーキにしようかなと言っていたから、肉屋に寄ったあと、八百屋でサラダの材料を真剣に選んでいるのかもしれない。

「お料理は、まず材料を選ばなければ」

と椙枝は、この二間の家で食事の用意をするときに、よく言う。重吉が料理の腕前を褒めると、彼女はたいていいつもと同じことを繰り返す。

「お料理が上手になる秘訣ってなんだかわかる？　お料理が上手で、それにお料理が大好きな母親を持つことよ」

女の場合はたしかにそうだろうと思いながら、重吉はいま大英和辞典を机にひろげて、ぼんやり眺めている。引出しがやたらとあるこの木の机も、脚が一本おかしい椅子も、本棚も、それから洋服箪笥も、父が近所の古道具屋で買ってきたものだ。洋服箪笥は戸や引出しを開けるのに、コツがいる。椙枝はまだそのコツがわからない。

翻訳しているわけでもないのに、大きな英和辞典を引くなどめったにないことだ。四ヵ月前に翻訳した短編のなかに出てくる"pizza(ピッツァ)"がまだ気になっている。折にふれて「ピッツァ」という単語が頭に浮ぶのは、その実体を知らないからだろう。

大辞典の一三三二頁左段のまんなかに、英語以外の単語であることを示すイタリック字体でそのピッツァが出ている。「一種の大きなパイ（トマト、チーズ、肉、アンチョビーなどをパン粉にまぜ、香料で香りをつけて焼いた、平たい大型のタルト）」とある。

椙枝に訊いてみたが、彼女にもわからない。イタリア料理であることは間違いなさそうだけれど、と言っただけである。

小説では、ニューヨークに住む貧しい若夫婦が二週間に一度、下町へピッツァを食べに行く。

二人きりで赤ん坊は安アパートの小児用寝台に寝かせて、外出し、安くて美味いピッツァを食べ、葡萄酒を飲む。会社の発送係をしている夫は葡萄酒に酔い、幸運にも宝くじが当って懐もあたたかかったから、細君を誘って映画を観る。

翻訳しながら、つつましく暮す彼らの生活に共感するところがある。もしかしたら僕たちも彼らに似た生活を送ることになるのではないかという気もする。もっとも、それはたんなる空想であるが。

ピッツァだって、と辞書を見ている重吉は思う。辞書に載っているのだし、アメリカにちゃんとあるのだから、いつかは食べられるかもしれない。コカコーラだって四、五年前から飲んでいる。スピレインの小説に出てきたクリーネックスもやがて輸入されるだろう。

このようにものごとを少しは楽天的に考えられるようになったのは、はじめは厭な奴だと思った久保田さんのお蔭(かげ)だろう。そうすると、久保田さんを紹介してくれた遠山さんにも感謝しなければならない。

雑誌に載る短編の翻訳ができるようになったのも、たぶん久保田さんが口をきいてくれたからだろう。重吉のために、エリザー・リプスキーという、ほとんど知られていない作家の短編を選んでくれたことも、久保田さんと親しい、雑誌を編集する村岡さんの配慮が感ぜられる。

そういう小説なら重吉もさほど力まずに翻訳できる。鮮やかなどんでん返しがあるような小説でなかったこともよかったのではないか。「慈悲の中味」というその短編はミステリーというよりもむしろ人情ばなしである。傷害事件とその裁判はあるが、殺人事件は起らない。この仕事をもらったとき、とびあがるようによろこんだのは、椙枝である。

「話して。ストーリーを、聞かせて」

と渋谷のトップでせがまれて、重吉は梗概を話している。

「ピッツァを食べて映画を観た若い夫婦は帰宅してみると、赤ん坊がベッドから消えている。それで、細君よりも亭主のほうが半狂乱になった。アパートのとなりの女に訊いてみると、赤ん坊——女の子だよ——がいつまでたっても泣きやまないんで、警察を呼んだって白状するんだ。……」

重吉は話をずいぶん飛ばしていることに気がつく。小説のあらすじを書くことはできるけれど、喋るのは苦手だ。翻訳ができたら、読んでもらうよ、と言うが、椙枝は承知しない。まるでこの小説に彼女の人生の何分の一かが賭けられているかのようだ。

「いや。いま話して」

重吉は仕方なくまた話をつづける。二人ともコーヒーを飲みおえている。

「……それで、警官が若い夫婦のアパートにはいってみると、赤ん坊がひとりで泣いている。さわってみると、熱がある。それも高い熱だ。時刻は十二時を過ぎている」

「まあ」

と相枝は顔をしかめて、大げさに驚いてみせる。

「それから、どうなるの」

「警官が赤ん坊をニューヨーク保育園というところへ連れていったんだ。夫はそれを聞いて、保育園に駆けつける。でも、応対に出た保育園の尼僧――シスター・アーシュラといったかな――は、夜中に飛びこんできた亭主を赤ん坊に会わせようとしない」

「当然ね、わかるわ」

と相枝は大きく頷いてみせる。

「夫のほうは逆上して、ポケットからナイフを出して、尼僧を刺してしまう。発送係だから、ナイフをいつも持っているんだね。尼僧はその場に倒れ、夫は逮捕され、警察で取調べを受ける。それから何日かして、裁判になり、この夫は三年の刑を宣告された。彼は刑に服すつもりだったんだが、ちょうどそのとき、刺された傷がなおった尼僧が法廷にやってきて、加害者である被告の情状酌量を訴える。その結果、裁判長が折れて、夫は執行猶予になって、めでたく釈放される」

「おもしろそうね」

と聞きおわって、相枝は言うが、重吉はさほどおもしろいとも思わない。いまは、うまく翻訳できるかどうかが心配なのだ。

その翻訳が載った雑誌がこの一月ばかり机に載ったままだ。自分が翻訳したものには愛着がある。少しずつ訳してゆくうちに、少しずつ原作が好きになっていく。そのことに気がついたとき、小説の世界のなかへはいっていることがわかるのだ。

「あなたに向いてる小説だと思うわ」

椙枝が予言するみたいにそう言ったときから、もう四ヵ月以上もたっている。そのあとも、その前もずいぶんいろんなことがあったような気がする。毎日が一年前とだいぶ違う。仕事があるとはこういうことなのかと重吉はしばしば思う。しかし、ときどき上京する父が重吉を見る、あの苦々しげな目つきは少しも変っていない。

重吉は大英和辞典を閉じて、机の左すみに押しやる。椙枝の帰りがちょっと遅いのは、本屋か花屋をのぞいているからか。薄い壁を通して、赤ん坊の泣き声が聞こえる。台所で夕飯の仕度をしているらしい、包丁で野菜を刻む音がする。母親が歌っている子守歌が聞こえてくるのは、いつものように赤ん坊をおぶって仕度をしているからだろう。

となりの一家四人と重吉が住んでいるこの二軒長屋は表通りから引っこんだところに建っている。この二軒長屋の前には申訳のような、こわれかけた塀があり、その先は空地だ。そこに炭俵（すみだわら）がいくつもの山をつくっている。空地の左側は倉庫で、そこには石炭が積んである。

重吉とあまり年齢のちがわないとなりの夫婦は表通りの店で冬は炭、石炭、煉炭を、夏は氷を売っている。冬は主人の人の好さそうな顔や手が黒くなる。夫婦ともじつによく働く。店はこの夫婦のものではなく、重吉の父の知人が持っている。

玄関の戸が開いて、椙枝が顔を赤くしてはいってくると、重吉に笑いかける。

「ああ、寒かった。冷えてきたわ」

ハイヒールをぬいであがると、買物の袋を玄関の土間において、部屋にはいり、凍えた手を火鉢にかざす。

遅かったじゃないか、と重吉は椅子にすわったまま、いたわるように言う。

「花屋さんに行ったの。フリージアを買ってきたわ。おぼえていらっしゃる?」

重吉は頷いて笑顔になる。椙枝は、彼が荻窪の病院へ見舞に行ったときのことを言っているのだ。あれは四年前だから、重吉が大学を出た翌年の三月である。病院の日蔭にまだ雪が残っていたような気がする。

俳優座養成所の卒業公演の前日に、椙枝は盲腸炎にかかり、手術を受ける。手術の翌日だったか、重吉が病院に行くと、外科の病室がないとかで、産婦人科に入院していた椙枝が父親に付きそわれて寝ている。フリージアの花束をおいて、すぐ帰ろうとすると、そこに居あわせた看護婦がことともなげに言ったのだ。

「ガスがまだ出ないんですよ。早く出るといいんですがねえ」

重吉は頷いたが、その意味に気づいて、思わず笑いだしたくなったのは、病院前から荻窪駅行のバスに乗ったときだ。バスのなかでは、椙枝がフリージアの白い花を見て、弱々しく言ったことばが耳に残ってはなれない。

「おぼえていてくださったのね」

椙枝がいつだったか、好きな花はフリージアとたしかに言ったことをおぼえている。盲腸が化膿して、しくしく痛みだしたころだったかもしれない。あれは入院したら、見舞に来てくれというナゾだったのか、と込んだバスの吊革につかまりながら、重吉は思ってみる。それとも、椙枝が彼に散財させまいと、値段の安いフリージアを好きだと言ったのか。顔に血がのぼっていく。

椙枝は買物袋から新聞紙にくるんだフリージアをとりだし、台所に行く。やがて、花を生けた牛乳瓶を持って、重吉のところへ来ると、牛乳瓶を机の上におく。日が落ちたか、急に暗くなりかけた部屋のなかで、五輪か六輪の白い花がさびしげに見える。

君に教えられて、フリージアだけはわかる、と重吉は言う。

「本当のことを言いましょうか」

と畳にすわった椙枝が重吉を見上げる。

「あなたを知る前は、この花が私の運命みたいなものを暗示しているように思ったの。なんだかさびしいところが。でも、もう四年たっちゃった」

と椙枝はいたずらっぽく笑う。

「私はまだいい役がつかないけれど、あなたはプロの翻訳家になったのね。偉いと思うわ。それに、私、うれしい」

重吉はそっぽを向いて聞いている。

「あら、いけない。おなかペコペコでしょ？　すぐ仕度するわ」

椙枝は玄関の土間を通って台所に行く。七輪に火が熾きているのを見たのだろうか、重吉のほうに顔をのぞかせて言う。

「山手線に近いところで、ガスが通っていないのは、この二軒長屋だけじゃないかしら」

炭屋さんといっしょに住んでいるようなものだから、と重吉は答える。やがて、水道の水がいきおいよく流れる音。野菜を洗っているのだろうか。

「わあ、冷い！」

と椙枝の声。

重吉は奥の部屋に行って、天井からたれた電灯のスイッチをいれ、炬燵にはいる。こういうとき、七輪に火を熾すのは彼の仕事だが、それはさっきすませたから、さしあたっては何もすることがない。

午後、相枝が訪れてくるまで、久保田さんからわたされた『レベッカの誇り』というハードカバーの推理小説を読んでいる。読みはじめたばかりだが、子沢山の黒人の警察署長は探偵として魅力がある。作者はドナルド・マクナット・ダグラスというはじめて聞く名前であるが、黒人探偵のひょうひょうとしたところがじつにいい。朴訥でいながら、なかなかに抜け目がないのだ。

できれば、明日会うことになっている久保田さんに、翻訳させてもらえるかどうか打診してみよう。どうせだめでもともとだし、それに、久保田さんは簡単に相手の希望を容れてくれない。

あるいは、推理小説をハードカバーで読んだことがいままでなかったので、少し興奮したのかもしれない。読みながら、ハードカバーをテキストにできたら、もっとうまく翻訳できるのではないかという気もする。もっとも、そんなに差はないかもしれない。

重吉がガードナーの翻訳に使ったテキストはペイパーバックである。それが本になったのは四ヵ月ほど前のことだ。翻訳の原稿ができたのは、それより三月前か四月前である。訳者として自分の名前が表紙や背に刷りこんであるのを久保田さんに見せられたとき、たいへんうれしくもあったけれど、たかがミステリー一冊を翻訳したいがために、四年も五年も父や母を裏切ってきたのかという気持もある。けれども、そのときは、これが第一歩なのだと自分に言いきかせてある。それに、重吉は推理小説が好きだ。

相枝がトマトを盛った皿を炬燵にはこんでくる。

「もしあんまりおなかが空いているようだったら、これを召しあがってて」

と相枝が言う。彼女はいつのまにかエプロンをつけている。リスが公園らしいところで跳びまわっている柄が相枝を可愛らしく見せている。

重吉はトマトを一切れ口に入れる。塩もマヨネーズもいらない。相枝に会ってから、彼の偏食はだんだんになおっている。母が料理上手だったら、もしかすると重吉は偏食にならないですんだかもしれない。それでは、母が気の毒だ。わがままに育ったから、偏食になったにすぎまい。

トマトをもう一切れ食べる。相枝は台所にもどっているが、こんどはレタスとキュウリのサラダをボウル一杯に盛ったのを炬燵の板に載せていく。つぎはステーキだろう。

ごめんなさい、と相枝が言って、フランスパンとバターをはこんでくる。こういう食事を二人で何回とっただろう。その回数はけっして多くない。相枝がこのように食事を仕度するようになったのは、病院へ見舞に行って二月ばかりたったころだ。退院したあと、ほとんど毎日のように渋谷や銀座で会っている。お互いに相手の話をむさぼるように聞いた時期だ。

桜が散るころ、二人で井之頭公園を歩いている。椙枝はすっかり元気になり、その夕方は珍しく薄化粧して大人びて見える。彼女は二十歳になって二ヵ月とたっていない。たぶん二人は渋谷から井の頭線で吉祥寺までやってきたのだろう。井之頭公園へ行くことを言いだしたのは椙枝のほうだったかもしれない。散りかけた桜を井之頭公園で見るなど、いなか育ちの重吉は思いつかないはずだ。

電車のなかや公園で何を話したのか、もう記憶にないが、話のたねが尽きてしまったのではないだろうか。

公園のなかをあてもなく歩いて、石のベンチにすわる。お尻のあたりがひやりとする。あたりは暗くなっていて、頭上の蛍光灯が二人を照らす。静かで、人も通らないが、怖くはない。しかし、重吉は椙枝を抱き寄せたい衝動に駆られる。椙枝はじっと池のほうをみつめている。重吉が椙枝の肩に手をかけると、彼女は待っていたかのように顔を近づける。じつに簡単に、自然に唇が合う。長いキスが終ると、椙枝は前を見て、さっぱりしたように言う。

「私たち、結婚しなければね」

重吉は照れくさそうに、しかしほっとしたように、木立のあいだにひろがる夜空を見上げている。

それからの四年がいま長くも短くも感ぜられる。重吉はにきびが減り、椙枝は色が白くなったようだ。

「もうすぐよ」

と台所から椙枝の大きなはずんだ声がする。その声にまじって、フライパンでステーキのジュージューいう音が聞こえてくる。

食事のあと、二人は紅茶を飲んでいる。椙枝が買ってきた日東紅茶。コーヒーは喫茶店でしか飲まない。

重吉はピースにマッチで火をつける。今日の夕刊に出ていたのだが、煙草は新生が一番売れているそうだ。つぎがいこいで、三番目がピース。ピースは年に五十六億本だけれど、これは新生の五分の一にすぎない。新生は値段がピースと同じで、しかも量が倍の二十本だから、新生のほうが得だけれど、どうも重吉の咽喉(のど)に合わない。いこいも新しく売り出されたフィルターつきのホープも好きではない。

「いいかしら?」

椙枝はそう言い、炬燵の上のピースの箱に手を伸ばす。

「ステーキのあとだと、煙草が喫いたくなるわ」

重吉は彼女が口にくわえた煙草に火をつけてやる。白い煙が二すじ、すすけた天井にのぼってゆく。一月ぶりだね、と重吉は言う。正月が終ったころ、このあばらやで、いっしょに食事をしてから、一月になる。そのあと、椙枝は子供の芝居でまた東北の旅公演に出ている。

「お父さま、私たちがステーキなんかを食べているのをごらんになったら、きっとお怒りになるわね」

と椙枝は邪気のない笑顔で言う。それでも、重吉はこの言葉に皮肉が込められているような気がする。肉といえば、重吉の父は牛肉ではなく豚肉なのだ。自分一人のときや、客といっしょのときは、牛肉を食べているかもしれないが、重吉の前ではきまって豚肉である。椙枝と知り合わなかったら、重吉はまだステーキの味を知らずにいたかもしれない。

親父は怒るにきまってるさ、と重吉は言い、天井を向いて煙草の煙を吐く。何食ってんだ！と怒鳴る父の甲高い声が聞こえるようだ。それから、重吉、おまえはもっと野菜を食え、と父は言うだろう。

でも、僕は親父に怒られるようなことばかりやってきたからね、と重吉は言う。褒めてもらえるようなことは何一つやってない。

「そうね」

と椙枝は相槌を打って、煙草の火を灰皿でもみ消す。

「私と知り合ったことも、その一つじゃないかしら。でも、これだけはしようがないと思うわ。

遠山先生が悪いわけでもなし——」

俳優座養成所で教えていた遠山さんが生徒の椙枝を重吉に紹介してくれたのだ。重吉が大学を出て二、三ヵ月した梅雨(つゆ)のころである。授業を終えてきた遠山さんについてきた椙枝は生意気にもベレーをかぶり、レインコートをボタンをかけないまま着ていて、ショルダーバッグを肩にかけている。

それから重吉が病院に椙枝を見舞うまでに九ヵ月ほどの間がある。重吉が六本木に行ったのは、あの日がはじめてだ。遠山さんは故意に椙枝と重吉を引き合わせたのか。でも、あれは偶然だったにちがいない。あのころは二人とも遠山さんにじゃれついたり、遠山さんの腕にぶらさがっていた子供なのだ。

その一年前のあのじめじめした午後、遠山さんに会いに、有楽町に行っている。レンガでミルクティーを飲んだことをおぼえている。それからしばらくのあいだ、重吉は喫茶店ではミルクティーばかり注文したものだ。

「君は影響を受けやすいのかな」

と遠山さんは重吉の下訳の原稿を見て、呆(あき)れたように言ったことがある。重吉がミルクティーを飲みはじめたころから、原稿に書く字が遠山さんの字に似てきたのだ。遠山さんは力強い達筆である。重吉はいつのまにか遠山さんの字をお手本にしていたらしい。

「遠山先生に帰依しちゃったみたい」

と椙枝に笑われたこともある。重吉が彼女に書いた手紙の字を見て、そう言ったのである。重吉は苦笑するしかない。それがいいことか悪いことかはまだわかっていない。

「遠山さんは遠山さんさ」

と重吉は、紅茶をすする椙枝に言って、自分でもその言葉にびっくりする。椙枝はそれに気がつかない。

「お父さまとあなたを見ていると、不思議な家族だという気がするわ」

僕もそう思う、と重吉は言う。

「うちもそう。なんだか世間の枠からはずれているみたい。私たちだってそうじゃない？ 不思議なカップル」

そして、親不孝のカップルかな、と重吉は言う。

「そうよ、そうよ」

椙枝ははしゃいでいる。一つには、重吉が翻訳を職業としてできるようになったからだ。久保田さんとのあいだにいろんなことがあったけれど、この編集者は重吉を翻訳者の端くれと認めてくれたらしい。

「さっき高田馬場書房をのぞいたら、『逃げだした金髪』があったわ。そういえば、盛岡の大きな本屋さんでも売ってた」

翻訳小説の好きな椙枝は旅公演では書店にはいるのが楽しみだとよく言う。

「本屋さんに東京があるみたいな気がするの。それから、汽車で移動するときに、時間があって、駅前の喫茶店にはいって、コーヒーを飲むと、東京に帰りたくなるわ」

椙枝は重吉が訳したガードナーの『逃げだした金髪』を博多の書店で買っている。そのことを速達で知らせてきて、ペリー・メースンもいいけれど、『逃げだした金髪』で探偵になる老保安官も好きですと書いている。

重吉は手紙をもらってうれしかったけれど、自分の訳で出るには、久保田さんの手がはいりすぎた翻訳だったと思う。いまもその考えは変らない。

その翻訳のために、三ヵ月間、久保田さんの勤める出版社に毎日のように通ったことはいつまでも忘れないだろう。それから、「久保田から奪ってきた」と言って、遠山さんが重吉に『逃げだした金髪』の原書をわたしてくれたことや、その翻訳を久保田さんにおそるおそる届けた日のことも。

「あのころ、私、怖かった」

と椙枝は微笑を浮べる。食事で口紅が全部とれてしまっている。

「だって、ほとんど毎日、久保田さんにいじめられていたから」

と重吉は言うが、いまは懐しい。

仙台に帰る母を上野駅まで送っていった日、遠山さんから電報が来ている。電文は明日の午後二時、レンガで会いたいという。

重吉を呼びだすとき、遠山さんはたいてい電報をくれる。大宮市で電話のない家に住む遠山さんは久保田さんから原稿督促の電報をもらうので、重吉に電報を打つようになったのかもしれない。

まだ椙枝を知る前、お金がなくなって、遠山さんの家に一週間か十日居候していると、そのあいだに、久保田さんの電報がかならず一通は来る。遠山さんの家にかりに電話がついていたとしても、東京大宮間の電話は直通ではないから、電報のほうがはるかに早い。久保田さんの電報が届くと、遠山さんは重吉の前で笑いとばす。

「久保田の奴、ハハハハハ……」

遠山さんは小柄なので、その笑声はいっそう豪快に聞こえるが、虚勢を張ってもいるようだ。

翌日、重吉が有楽町の二階の喫茶店へ早目に行って、ミルクティーを飲みながら待っていると、遠山さんはいつものように階段を駆けあがってくる。

「やあ、失敬、失敬」

遠山さんはそう言って、立ちあがった重吉の手を握る。握手や、両腕をひろげて肩をすくめる仕種はこの人の特徴で、厭味（いやみ）ではないがいささか気障な、しかし颯爽とした印象をあたえる。重吉はそこまでは真似できないので、遠山さんのそういう動作にかえって魅力を感じる。

「ほら、これ」

とミルクティーを注文した遠山さんは風呂敷を開いて、カンガルーのマークのついた、薄いペイパーバックをわたす。

「ペリー・メースンじゃないけれど、ガードナーだよ。久保田から奪ってきた」

遠山さんは得意そうで、同時に肩の荷がおりたようでもある。重吉は顔を紅潮させて、『二つの手掛り（トゥー・クルーズ）』という題名のペイパーバックを開いてみる。目次を見ると、二つの中編がはいっている。一瞬、ここで運命が決ったような気がする。

ガードナーのペイパーバックは何冊か持っている。弁護士の探偵ペリー・メースンのシリーズは翻訳でも読む。ガードナーの文章は短くて歯切れがよいけれど、翻訳が難しそうだ。それに、重吉はこの作家があまり好きではないし、自分には合わないのではないかと思う。ペリー・メースンという男にもあまりなじめない。

メースンと秘書デラ・ストリートの関係はどの作品でもさらりとしているが、どうも淫靡（いんび）に思われる。二人の関係はストーリーとは無縁だから、もちろんどうでもいいことなのであるが、重吉は気になって仕方がない。

では、どんな作家が、どんな探偵が好きなのかと言われても困る。好きな作家や好きな探偵を自分で見つけだすほどには、まだそんなに読んでいない。ハメットやチャンドラーは好きだけれども、彼らの小説のおもしろさを教えてくれたのは遠山さんである。

「どうもすみません」

と重吉は遠山さんに礼を言う。本来なら、久保田さんが直接に翻訳を重吉に依頼してくるところだ。しかし、久保田さんは重吉の実力を知らないし、はっきりいって認めていない。たぶん、遠山さんは親しい久保田さんに頼みこんだのだろう。俺が責任を持つからとでも言ったにちがいない。

「なんと言ったらいいか……」

と重吉は言葉につまる。

「君のことは、僕はもう知らないよ。あとは久保田が相手だ」

と遠山さんが言う。

「あいつは僕より厳しいからね。僕なんかよりはるかに苦労しているし、それに、人をなかなか信用しない。久保田は、僕が簡単に人を信用するって非難する。彼に言わせると、人を信用するのは、そう簡単にできることじゃない。君も覚悟して、彼とつきあいなさい。我慢くらべかな。彼は実は優しい男なんだ。僕のほうがよほど薄情かもしれない」

それから三ヵ月ばかりかけて、重吉は『逃げだした金髪』を仕上げる。原書の表紙を毎日見ているうちに、その画は頭に焼きついてしまったようだ。どちらかといえば、ペイパーバックの表紙としては、地味なほうだろう。畑らしいところで、若い金髪の女がふとももを見せて倒れている。そばにトラクターがあって、中年の男が茫然と女を見おろしている。夜だが、月が出ているらしく、あたりは仄明るい。

気がつくと、椙枝がじっと見ている。

「何を考えてるの」

と訊かれて、重吉は笑顔になる。

「怖かったと言われて、ふと一年前のことを思い出した。あのガードナー、遠山さんの贈物だったんだなあ」

椙枝にしても、遠山さんの無意識の贈物だったかもしれない。しかし、それを当の椙枝に言うのははばかられる。そのかわり、炬燵の上においた椙枝の手をとる。その意味がわかって、椙枝が言う。

「まだ早い」

「僕もそう思う」

と重吉は手を引っこめる。おなかがいっぱいになって、寝るのは、お手軽にすぎるという気がする。そんなにあわてなくてもいい。しばらく話をしていてもいいのだけれど、言葉がとぎれがちだ。こうして向いあって、くつろいでいるだけで安心するところがある。

炬燵で足が暖まって、眠くもある。このまま横になってもいいのだが、おそらく眠れないだろう。炬燵に寝ころんで、本を読んでいて、うとうとし、このまま眠ろうと、本の頁(ページ)を閉じて、仰向けになると、かえって目がさえてしまう。急にいろんなことが頭に浮んでくる。

最近はとくに久保田さんとのことを思い出す。それは、重吉にとっては、冷汗の流れるようなことだ。忘れたいのだが、たとえば、ガードナーの翻訳の原稿を持って、神田駅に近い、久保田さんが勤務する小さな出版社をはじめて訪れた日のことなど、八ヵ月も前のことなのに、何かの拍子にその記憶がよみがえる。

はじめは腹が立ったけれども、いまはむしろ懐しい。六月の午後だったから、そろそろ暑くなりかけたころだ。久保田さんの出版社は、入口のガラス戸がガタピシして、なかなか開かない。もっとも、毎日ここに通うようになって、このガラス戸を開けるコツをおぼえる。久保田さんに人を待たせる癖があることも、あとでわかる。

その出版社はガラス戸を開けると、細長いセメントの床になっていて、取次店や書店からの注文の本をおくカウンターがある。その向うは、電灯がついているのだが、陰気なほど薄暗い。

重吉がカウンターのところにいた若いおとなしそうな女に、久保田さんに会いたいことを告げると、彼女は二階にあがっていく。やがて階段をおりてくると、彼女は、少々お待ちくださいと言う。重吉はだいぶ待たされる。

七、八分たったころ、スリッパをはいた久保田さんが、その日は彼のトレードマークのようなベレーをかぶらずに、豊富な髪の毛を無雑作にかきあげながら、階段をおりてくる。焦茶色の背広に薄い茶のスポーツ・シャツ。胸のポケットの赤鉛筆が二本。遠山さんのように小柄だけれど、目つきが鋭くて、精悍な感じがする。重吉は、いつ会ってもこの人には威圧される。

できましたので、と言って、重吉は目の前に立った久保田さんに原稿をわたす。久保田さんは、そりゃどうも、あとで連絡しますと言い、重吉が何か言う間もなく、原稿を受けとると、さっさと二階に引きかえす。重吉は茫然と立っていて、やがて気をとりなおし、逃げるようにガラス戸を開けて外に出る。汗が額にふきだしている。

このことはいまもって椙枝にも打明けていない。そのときは恥かしくて話せなかったのだ。けれども、近いうちに笑いながら話すこともできるだろう。そういう時期が来ている。

こんどは、椙枝が重吉のほうへそっと手を這わせてくる。今夜は冬になると着る、うねの太いコーデュロイで、その下は淡いピンクの薄いセーターだ。

「お仕事のことを考えてるの」

と彼女が訊くので、重吉はうれしくなる。一年前には聞かれなかった台詞である。

べつに考えていない、と重吉は答える。

「私たち、この春はどうなるのかしら」

梢枝にとっては、春が特別の意味がある。それは重吉にとっても同じである。春が近づいてくると、責任のようなものを感じる。春を迎えるたびに、もう引きかえせないという思いが強くなる。

「今年はなんとかなりそうな気がする」

と重吉は言う。

「なんとかなるって?」

「わかってるくせに」

「わかりません」

しかし、重吉はそれを言葉にするのがまだ怖い。まだ早いのだ。言ってしまうと、嘘になりそうだ。

「あなたって無鉄砲なくせに、臆病でもあるのね。図星でしょ」

「久保田さんの話をしようや」

と重吉は話題を変える。

「久保田さんとはうまく行ってるんでしょう」

重吉は頷く。

「ただ、それで遠山さんに悪いような気がしている。遠山さんから久保田さんに乗り換えちゃったような気がするんだ」

『逃げだした金髪』の原稿を届けて十日後、久保田さんから葉書が来る。翻訳にいろいろと問題があるので、一度会いたいという文面である。たたきつけるような、力いっぱい書いた下手くそな字。その葉書を見たとき、遠山さんの字が文学的に思われたほどだ。

重吉が訪ねてゆくと、久保田さんはベレーをかぶっていて、神田駅前の喫茶店に連れていってくれる。ベレーの久保田さんの後姿を見て、重吉は時代遅れの文学青年のようだと思う。そう思ったのが間違いでなかったことにあとで気がつく。

「あのままじゃ、本にできない」

と喫茶店でコーヒーを飲みながら、久保田さんはずばりと言う。その顔はにこにこしていて、凄味が感じられる。重吉は黙っている。

「どうだろう、いっしょに君の原稿を見ていかないか」

結局、重吉は月曜日から土曜日まで十時に久保田さんを出版社に訪ねることを約束する。毎日二時間、二人で原稿を検討していくのだ。そうすれば、秋には本になるだろう。

「はじめに断っておくけど、うちは、新人の翻訳は印税じゃないんだ。それは遠山さんから聞いてるね」

　重吉は無言で頷く。

「新人は一枚百円の買切りだけど——」

「それで結構です」

　と重吉は惨めな気持で答える。

　翌日の十時、重吉は久保田さんを訪ねる。はじめて二階の編集室に通される。編集室は机が折りかさなるように並んでいて狭苦しく薄暗い。奥に一段高くなった畳敷きの部屋がある。広さは四畳半だろうか。

　編集者は久保田さんを入れて五人、うち二人は女。久保田さんと同じ背恰好の人は村岡さんだ。この人とは渋谷百軒店の古本屋で夕方にときどき顔を合わせる。度の強い眼鏡をかけていて、あまり口をきかない人だ。快活な美青年がいるけれど、重吉は彼を知らない。五人がそろっていることはめったにない。重吉は久保田さんのとなりの、空いている机と椅子を借りる。

　久保田さんが目の前に重吉の原稿をひろげ、重吉がそれをのぞくかたちになる。原稿は遠山さんを真似た字だ。

　久保田さんがまず言う。

「僕が間違っていることもあるんだから、その場合は遠慮なく言ってください」

畏縮した重吉はただ頷くだけだ。

久保田さんは赤鉛筆で一行目から力を入れて消していく。ギーッという赤鉛筆の音が聞こえるようで、その消し方が憎々しげに見える。原書に目を走らせ、ちょっと考えてから、独り言のように呟く。

「こうしたほうがいいんじゃないかな」

そして、遠山さんとは対照的な字を書いていく。重吉は机の下で拳をかためて、久保田さんの字を凝視する。

一枚目がようやく終るとき、重吉の訳文はほとんど原形をとどめていない。重吉の原稿を下訳にして、久保田さんが新たに翻訳しているようなものだ。

原稿を直しているあいだ、久保田さんは重吉のほうを一度も見ない。テキストを読み、英和辞典を引き、赤鉛筆で消して書きこんでいる。その日は四枚目まで来たところで、正午になる。その間二時間たらずであるが、重吉には五時間にも六時間にも感じられる。

「こうしたほうがいいんじゃないか」

と久保田さんはときどき言い、重吉はそのたびに無抵抗で答える。

「そうですね」

編集室を去るとき、部屋には久保田さんと重吉の二人しか残っていない。重吉は疲れきって、階段をおりる。

「じゃあ、明日また」

と久保田さんのよく通る美声を重吉は背中で受けとめる。一階でスリッパを脱いで靴をはき、外に出るのだが、まわりの建物や人もまるで目にはいらない。まっすぐ高田馬場にもどって、昼食もとらずにふて寝をする。しかし、もちろん、眠りは浅く、夕方、稽古を終えていっしょに食事をするつもりできた椙枝に言われる。

「どうしたの、そんな蒼い顔をして」

なんでもない、ちょっと気分が悪いだけだと重吉は答えて、明日からが思いやられる。ただ、遠山さんが言った「我慢」の意味がいまはよく理解できる。

明くる日、重吉は八時半に起きて、髭を剃り、何も食べないで、高田馬場から山手線に乗り、新宿で乗り換えて、神田に行く。十時きっかりに編集室にあがっていくと、美青年と女性二人がいるだけだ。久保田さんはそれから十分ほど遅れてやってくる。

遅れたことを詫びるわけでもなく、久保田さんはすぐ机の前に重吉の原稿をひろげる。昨日と同じ作業がはじまる。重吉は拳をにぎりしめている。

五日目だったか、六日目だったか、三十分待っても、久保田さんが来なかったことがある。重吉は逃げだすように編集室を出る。これだけ待たされたのだから、悪いのは久保田さんだ。

つぎの日、十時に行くと、久保田さんはすでに来ていて、機嫌がよくない。

「会社を休むときは、僕は前もって君に言うよ。困るじゃないか」

と久保田さんに言われると、重吉は恩着せがましいと思う。

「三十分も待ちましたから、今日はお休みなんだと……」

と重吉も抗弁する。

「だから、休むときは知らせると言ったろう」

「ええ」

それから、久保田さんは何ごともなかったかのように、原稿の手入れをはじめる。一度、久保田さんが直したことに重吉は抗議するが、結局、久保田さんに押しきられる。

毎日、行きたくないと思いながら、重吉は朝出かけてゆく。日がたつにつれて、あの編集部の人たちにどんな目で見られようとかまわないという気持が強くなってゆく。こうなったら根くらべだ。

ある日、村岡さんが机に向っている二人を見て、珍しくにやにやしながら言う。

「久保田翻訳学校だね」

久保田さんは顔を上げて苦笑する。重吉は顔を赤くして、翻訳ミステリーの雑誌の編集長をしている村岡さんを見る。目が合うと、村岡さんは人なつこい笑顔になる。

不思議なことに、ここでは野球がまったく話題にならない。去年、巨人軍に入団した長島や南海の杉浦のことを誰一人口にしない。もっとも、これは重吉が編集者たちの雑談を耳にする機会がほとんどないせいかもしれない。

粗末な社屋も気にならなくなる。出版社とはこういうチマチマしたものかと重吉は思うようになる。

重吉の名を呼ぶ声がする。重吉は目を開ける。楫枝の顔がだんだんとはっきりしてくる。広い額に小さなにきびが一つ。

「いやねえ、居眠りしちゃって」

と楫枝が大げさに驚いてみせる。

考えごとをしていたはずなのに、すわったまま眠ってしまったらしい。年齢をとったんだ、とまもなく二十八歳になる重吉は思う。楫枝もまもなく二十四歳だ。

「私、そろそろ失礼するわ」

と楫枝が立ちあがるので、重吉も釣られて立つ。二人はごく自然に抱き合う。

小鍛冶の二階にあがっていくと、奥のほうにベレーが見える。久保田さんがベレーを愛用するのは、これが好きだということもあるが、ふさふさした、突ったつような髪を押えるためらしい。頭髪という点でも、遠山さんと久保田さんは対照的だ。

重吉がすぐ近くまで行っても、久保田さんは鉛筆で原稿を書いている。それも、恐しいスピードで書いている。字は下手だけれど、読みやすい楷書だ。彼の字はいかにも律儀な人柄を思わせる。

重吉は声をかける。久保田さんは気がつかない。この人の集中力は、すぐ飽きがくる重吉にとっては驚異である。もう一度、久保田さんの名前を呼ぶ。

やあ、と久保田さんは言い、空いた椅子のほうを鉛筆で指す。

「まもなく終るから、悪いけど、待ってて」

重吉は椅子にすわり、コーヒーを注文し、紙袋に入れたハードカバーをとりだす。しかし、読む気にはならない。

この喫茶店が久保田さんの一種の仕事場になっていることは重吉も知っている。お昼の休み時間にはかならずここに来て、コーヒー一杯で原稿を書くそうだ。席も窓ぎわのこのテーブルと決っているらしい。

久保田さんが書いているのを見ていると、一心不乱とはこのことだろうと重吉は思う。鉛筆の動きが停止することは一度もなく、二百字詰の原稿用紙が着実に文字で埋まってゆく。まるで機械みたいだけれど、機械ではなく、そこには少年のように熱中する、真摯(しんし)という言葉がぴったり当てはまる人がいる。久保田さんはいわば勤勉な文学青年なのだ。

一月のあいだ、お昼までおよそ二時間、久保田さんは軽口をたたくこともなく、重吉の訳文に赤鉛筆で線を引いて、新しい訳を書きこんでいる。もともと、軽口をたたいたりする人ではない。

重吉のほうもしだいにふてぶてしく構えるようになる。訳文が自分のではないような気がしてくる。なるほど、拙劣な翻訳だったことを認めはじめる。

ある日、久保田さんは皮肉をこめずに言う。

「君の文章は『のだ』で終るのが多いね。遠山の影響かな、それとも小林秀雄かね」

翻訳の原稿は三百七、八十枚で、最初の百枚に一月以上もかかっている。一日に五枚すすむこともあれば、二枚ということもある。

「上手いところと下手なところがあるね」

と久保田さんは指摘する。

「だから、文章にリズムがなくなる。プロは上手いところと下手なところの差がないんだよ。とくにガードナーはスピーディに読ませないといけない」

そろそろ二月目にはいるころ、重吉は出版社を訪ねるのが以前ほど苦にならなくなっている自分に気がつく。ただ、久保田さんに対する憎しみのようなものは少しも減っていない。厭な相手だから、かえってそいつとつきあってやろうという気持になっている。相手がどこまで自分をいじめるか、自分がどれだけそれに耐えられるか、ここまで来たのなら見届けてやりたい。久保田さんに誤訳を見つけだされても、重吉はさほど恥かしいとも思わなくなるし、腹も立たなくなる。不注意から生れた間違いだから、そういう失敗をしでかす自分が滑稽に見える。二、三行飛ばしたところも何ヵ所かある。久保田さんはその穴を丁寧に自分で埋めてゆく。

七月にはいったある日、十一時半ごろ、ちょうど一章が終って、久保田さんが珍しく重吉を小鍛冶に誘う。明日から原稿を検討しようと言われたときから、はじめてのことだ。

「ここは暑いから、出ようや」

と言う久保田さんが汗をかいたのを重吉は見たことがない。編集室は窓を開けはなっていても暑いが、半袖の開襟シャツを着た久保田さんは暑そうなようすをけっして見せない。ただ、大きな白いハンカチでときどき顔を拭く。

それに、「ここは暑いから」と言ったときの「ここ」の言い方に、重吉は軽蔑するようなひびきを感じる。それは重吉の思いちがいだったかもしれないが、久保田さんにとって、勤める出版社が仮の宿であるように思われる、そんな言い方なのだ。

喫茶店で久保田さんはいつもの席に落ちつくと、コーヒーを注文し、重吉はアイスコーヒーにする。この人はコーヒー以外に注文したことがないのではなかろうか。

「なかなかはかどらないね」

と久保田さんは少々うんざりしたように、そして同情するように言うので、重吉は素直にあやまる。僕をみんなの前で恥さらしにして、楽しんでいるんですか、と二、三週間前だったら言いたかっただろうが、いまはそう言うつもりはない。

「遠山から聞いたんだけど、フィアンセがいるんだって」

と久保田さんがにこにこしながら尋ねる。からかうような口調ではない。本当のところを聞きたいと思っているようだ。重吉は椙枝のことを簡単に話す。一人娘であること、二十三歳であること、小さな劇団にはいっていて、子供の芝居で旅が多いこと、彼女の両親が二人の交際に反対していること。そして、この四年ばかり、椙枝について、両親や兄や渋谷の古本屋の碇さん以外の誰にも話してないことに気がつく。

「いつ結婚するの」

と久保田さんが興味ありげに訊く。

でも、こんなざまですから、と重吉は言いかける。

「自分を卑下することはないよ」

と久保田さんは断定する。

「早く結婚できるといいね。君なら、僕は、できると思うよ」

こんどは優しい口調だ。

久保田さんは原稿用紙の入った紙袋を取り出す。アルバイトの原稿を書くのだが、もしかしたら、原稿を書くのが久保田さんの本業かもしれない。最近、久保田さんが訳した英国の作家のサスペンス小説は翻訳の上手（うま）さで評判になったし、重吉は読んだことはないが、子供の本も書いている。

「久保田は家長なんだ。だから、あんなに仕事をする」

と遠山さんは言うが、重吉はそれだけが、昼食をとらずに仕事をする理由ではないような気がする。仕事が好きなのに、仕事がなかったからではないか。いま、その埋め合わせをしているかのようだ。

重吉がズボンのポケットから煙草を取り出すと、久保田さんはテーブルにおいた紙袋から原稿用紙を出す。重吉は煙草をポケットにもどす。ここへ来てから十五分もたっていないが、久保田さんは一刻も早く仕事をはじめたいのだ。重吉を喫茶店に連れてきたのも、原稿の直しがい、きりのよいところで終ったということもあるが、五分でも十分でも多く原稿を書きたかったからだろう。

失礼します、と言って重吉は立ちあがる。

「じゃあ、明日また」

と言ったとき、久保田さんはすでに書きかけの原稿用紙に向っている。せっかちな、愛想のない人だ。重吉は一杯喰ったような気分で、表に出ると、今日もなんとか無事にすんだと清々した気持になり、駅のほうにぶらぶら歩いてゆく。

いま、久保田さんはふと顔を上げ、はじめて気がついたように重吉を見る。重吉は飲みかけたコーヒーのカップを受皿において、居ずまいを正す。

「もうちょっと待ってくれないか。この原稿、午後一番でわたさなきゃならないんだ」

「僕はかまいません。べつに予定はありませんから」

重吉にそう言われて、久保田さんは安心したように鉛筆を走らせる。こんなに力を入れて書いて、鉛筆の芯がよく折れないものだ。

重吉は仕方なくハードカバーを読みはじめる。ドナルド・マクナット・ダグラスの『レベッカの誇り』だ。わずか二、三十頁読んだだけだから、いつものことながら、どういうストーリーの展開になるのかまだわからない。舞台はカリブ海あたりの島らしく、子沢山の警察署長らしき黒人が登場する。

読んでいても、目の前に久保田さんがいるかと思うと、文章が頭にはいらない。そのかわり、緊張しているせいか、家で読むときのようにはすぐに眠くはならない。

目は機械的に英語の活字を追う。こういうときは、いっそ新聞のほうがいいかもしれないが、朝日も報知も電車のなかで読んで、神田駅に捨ててきている。朝日には「『週刊文春』愈々四月八日発売！」という創刊の広告が出ている。講談社からは「少年マガジン」と「週刊現代」が創刊になる。モーニングサービスで行きつけのユタで読む雑誌がまたふえる。新聞によると、週刊誌は黄金時代を迎えているそうだ。

『逃げだした金髪』を翻訳していたころ、ユタにはあいかわらず毎日顔を出している。辞書を引くことにうんざりすると、ユタに行って、ミルクコーヒーなんかを飲みながら、週刊誌に目を通す。ガードナーの小説は読むだけなら楽しめるが、翻訳するとなると、味気ない作業に思われる。それでも、『逃げだした金髪』も、もう一編の『腹の空いた馬』もペリー・メースンものにくらべたら訳しやすいかもしれない。四面楚歌（しめんそか）の老保安官が周囲の声にまどわされることもなく、殺人事件を解決するだけの古風な物語だ。

重吉はこの老保安官に好意を抱いて翻訳したつもりだが、久保田さんは遠慮なく手を入れて、いかにも年寄りくさい田舎の保安官をつくりあげてゆく。本にするときは、久保田肇訳としてもおかしくない。あとで、君のは下訳にしか使えなかったとひとこと言えばすむことだろう。あと六、七十枚を残すだけになったとき、重吉はまた久保田さんとここでコーヒーを飲んでいる。二度目のときから一月近くたったころである。とうに梅雨が明けて、久保田さんの編集室のなかはいっそう暑くなっている。

今日はどんな話なのだろう、と喫茶店まで並んで歩きながら、重吉は考える。その日は、久保田さんの赤鉛筆が意外に動かない。赤線を引く部分がだんだん少なくなっていることは確かだ。

「うん、これはいい」

と久保田さんが褒めてくれることもある。

「慣れてきたんだね。翻訳ってはじめが一番難しいんだ。なんでもそうだけれどね。たしかサローヤンの短編小説だったかな、書き出しの文章が『はじまりは一番難しい』というのだった」

と重吉はそのとき思わず訊いている。

「サローヤン、お好きなんですか」

「僕だってそんなに馬鹿にしたもんじゃないよ」

久保田さんはにやにやする。意地の悪い笑い方だ。

「ミステリーやSFのおもしろさを知る前は、人並にサローヤンもヘミングウェイも読んだ。僕たちではヘミングウェイもサローヤンも商売にならない」

その「僕たち」には重吉も含まれているのだろう。遠山さんが、小さな出版社からヘミングウェイの長編や短編の翻訳を出しているので、久保田さんの言葉はそういうことへの皮肉ともとれる。

しかし、これは、久保田さんが重吉に対して前よりも率直に話すようになった結果でもあろう。はじめのうちはお互いに、敵意に似た感情があって、ぎくしゃくしていたのだが、月曜日から土曜日まで毎日、顔を合わせていると、敵意がうすれていって、それに代るものが二人のあいだに生れてくる。もし敵意しかなかったら、重吉は二週間か三週間で、久保田さんを訪ねるのをやめていただろう。

「君が今日から来なくなるか、明日から来なくなるかと僕は悪いけれど、興味しんしんだった」

と久保田さんは言う。

「実は、行くのをやめようと思ったことがなんどもあるんです」

と重吉も笑いながら言う。

「新宿で中央線に乗り換えるとき、なんどか引き返そうと思いました」

「それにしては、よく辛抱したじゃないか」

「ええ、自分でも驚いているんです」

重吉はそれからしばらく考えて、言う。

「最後のチャンスだと思ったものですから」

ここで我慢しなかったら、おしまいだ、と心に決めていたのだ。

久保田さんははじめてまぶしそうに重吉を見る。その目を逸らして、弁解するように呟く。

「君と毎日会っていて、わかったことがあるんだ。人に教えるのが好きなんだなあ。あの薄汚い編集室に黒板があればなあ、と思ったよ。僕は編集者になんかならないで、教師になればよかったのかな」

「でも、説教はしませんでしたよ」

「そいつは苦手だ。僕はまだ二十九だぜ」

「はじめは、遠山さんよりだいぶ年上かと思っていました」

「彼は勤めた経験がないから……」

もっと何か言いたそうだが、久保田さんはそこで話題を変える。

「ガードナーはあと少しだから、僕が一人で見るよ。君は明日から来なくていい。無罪放免というところかな。それからね、社長に、君の翻訳がいいから、印税にしてくれって頼んだら、あっさりオーケーしてくれた」

重吉は立ちあがって、深々とお辞儀をする。

「よしてくれそんなの」

と久保田さんは手を振って制し、しみじみとした口調になる。

「僕たちが住んでいるところは、じつにチマチマした世界なんだ。長屋の住人みたいなものだと思うよ。よく言えば、出版界のマイノリティ。ちっぽけなんだ、二流か三流なんだよ。しかし――そして、のほうがいいかな――だから、僕は矜持だけは忘れたくない。さあ、もういいかげんにすわれよ」

それから二ヵ月して、『逃げだした金髪』は本になる。十二月のはじめ、重吉は久しぶりに仙台に帰る。そこへ、本の印税が現金書留で届く。


「ごめん、ごめん、待たせて悪かった」

と久保田さんはいま、原稿を書きおえて、ほっとしたように言う。

重吉は、仙台に印税を送ってくれたことの礼をあらためて言う。

「君よりもお母さんが喜ぶんじゃないかと思ってね」

おふくろが喜んだ、と重吉は答える。

「ところで、君は勤めてみる気はない？」

重吉は久保田さんの笑顔をまじまじと見る。また人を試しているんじゃないかという思いが胸をかすめる。重吉を毎日あの陰気な編集室に来させたのは、あれは久保田さんが重吉を試したのだ。重吉のいわば信用調査だろう。

「そんな——」

と絶句する重吉は就職など考えたことがない。就職したくないばかりに、翻訳家になろうとしたのではないか。しかし、冗談でしょうとも言えない。

「この僕がですか。どこに勤めるんですか」

「うちだよ」

重吉はおかしくて笑いだす。こちらは就職したくないし、重吉のような男を採用してくれる会社などどこにもないだろう。そのとき、久保田さんの出版社が社屋を改築したことに思いあたる。旧社屋のころは、自由に編集室へはいってゆけたのに、新しくなってからは二階に上げてくれない。

「君には悪いんだけれども」

と久保田さんは説明する。

「編集室が広くなったのに、編集者が少ないから、がらんとしているんだ。それで、新しく人を入れようということになった。君を推薦したら、採用しようということになった。ばかばかしく聞こえるかもしれないが、ヒョウタンからコマみたいな話でね。どうだい、僕といっしょに仕事をしないか」

しかし、就職しないで、翻訳の仕事をつづけたい、と重吉は言う。

「勤めたって、翻訳の仕事はできるんだよ。僕を見てごらん、村岡を見てごらん。うちはね、編集者はアルバイトしなきゃ食ってゆけないんだ」

「勘弁してください」

と一度は重吉も断る。その気がないのは、久保田さんだって知っているはずだ。重吉自身、編集の仕事にまったく魅力を感じていない。編集とはどういうことかは知らないが、編集の仕事より翻訳の仕事のほうがはるかにやり甲斐があるような気がする。

「君のためにもいいと思うんだがな」

と久保田さんは諦めない。

「就職すれば、椙枝さんと結婚だってできるじゃないか」

久保田さんが何もかも考えていることに重吉は気がつく。この人は重吉の生活を支配するつもりなのか。

社屋を改築したから、君を社員として採用したいというのは、ずいぶん失礼な話だ。まるで重吉の能力を問題にしていない。そういうところにも、重吉は不安をおぼえる。編集者としての能力の可能性を問わないならば、人はたくさんいるはずで、何も重吉でなくていい。ほかに人はいないんですか、と訊いてみる。

久保田さんが名前をあげたのは、ある若手の翻訳者である。重吉はその名前を知っている。

『逃げだした金髪』と同じミステリーのシリーズを翻訳していて、訳書が何冊かある人だ。その人がいいんじゃないですか、と重吉は言う。

「いや、彼は第二候補でね、第一候補は最初から君なんだ。君の人柄が買われたらしい」

「遠山さんに相談してみます」

と重吉は言う。

「君はなんでもすぐに遠山だ。彼にいちいち義理だてするのは結構だが、自分のことは自分で決めたらどうかね」

重吉はしばらく考えてから答える。

「一週間待ってください。そのあいだに――」

「じゃあ、電話を待ってる」

重吉は坂をくだり、ガード下を通り、駅前を過ぎて歩いてゆく。風があたたかい。厩橋行三十九番の都電が停っている。その電車の屋根に陽が当っている。左側の歩道にも朝の日光が当ってまぶしいほどだ。

喫茶店ユタのドアを開けて、なかにはいる。陽当りのいい窓ぎわのすみの席にすわり、ミルクコーヒーとトーストのモーニングサービスを注文する。それから、スポーツ紙を手にとる。

四年もつづけてきた朝の行事だが、それもまもなく終ることを重吉は知っている。

ユタという店の名前をいまになって不思議に思う。重吉が大学にはいったころから、すでにこの喫茶店はある。あのころは、この界隈ではしゃれた店に見えたものだ。モーニングサービスが五十円というのも、ずっと変っていないような気がする。学生時代には高いと思っている。ユタはユタ州のユタだろうかとぼんやり考えたりするのも、まもなく高田馬場を去るからだろう。

若い店員が黙ってミルクコーヒーとトーストをおいてゆく。こんがりと焼けた、小さな二枚のトーストにバターといちごのジャムが添えてある。ユタに通いはじめて、かれこれ四年になるが、モーニングサービスはいつも同じだ。そこが重吉の気に入っている。

何もかも変っていくなかで変らないものがあると、ほっとする。しかし、この喫茶店だって何年後かには変るかもしれないし、消えてなくなるかもしれない。

ミルクコーヒーに砂糖を二さじ入れ、スプーンでかきまわして、一口飲む。トーストにバターを塗って食べる。朝、一人で喫茶店で朝食をとるのは淋しいけれども、それがまもなくできなくなるかと思うと、まんざら悪くない。怠惰な無責任なところがいい。

スポーツ紙の芸能面に小さくマクスウェル・アンダーソンの死亡記事が載っている。はじめて相枝といっしょに観た芝居の作者だ。その芝居の題名をいまごろになると、しきりに思い出す。『ウィンターセット』——春近き冬のころ。その芝居が詩劇で、現代版の『ハムレット』だということしか記憶にないが、ハムレット役の木村功がたしか赤毛で出ている。では、オフェリア役は誰だったのだろう。

「『春近き冬のころ』って素敵な言葉ね」

と言った楫枝の声が耳に残っている。「春近き冬のころ……」と木村功が舞台の中央で独白するシーンもかすかな記憶がある。

スポーツ紙のつぎに読売を見ると、フレッド・ギブスンの『黄色い老犬』の広告が出ている。重吉はこの原書をペイパーバックで持っているが、読んではいない。そういうペイパーバックが、ざっと数えてみたら、五千冊以上もあって、近いうちに始末しなければならない。

恐水病にかかったオールド・イエラーという老犬の話は久保田さんから聞いている。僕が翻訳したかったんだ、と久保田さんは熱っぽく言っていたので、きっと口惜しがっているだろう。

「僕がどんなに翻訳したいと思っても、できない本がたくさんあるんだ」

と久保田さんは言う。

「こっちが勝手にお熱をあげるだけで、女の子のほうは知らん顔——翻訳にはそういうところがあるんだね。だから、諦めがかんじんなんだ」

ユタでは朝刊に全部目を通している。『逃げだした金髪』が出たあと、翻訳が仕事になったけれども、仕事の量は一週間もすれば片づいてしまう。まだ食べてはゆけない。

「翻訳で食っていくってのは、大変なことなんだよ」

と遠山さんは言うが、それにしては服装にも態度にも生活の苦労がちっともない。久保田さんから就職の話があって二、三日後、重吉が遠山さんに相談したときのことだ。

「いい話じゃないか」

と遠山さんは即座に賛成する。

「久保田がそう言うんだったら、ぜひ勤めなさい」

でも、翻訳の仕事ができなくなるのじゃないかという質問に、遠山さんは手を振る。

「とんでもない。かえって翻訳ができるようになるよ。久保田だって村岡だって堂々と翻訳しているじゃないか。小さい出版社の編集者は給料は安いけれど、まあ、好き勝手なことができるんだよ」

重吉はあまり深く考えることをしない。うやむやのうちに、就職を決心する。だめなら、さっさと辞めればいいという気持がある。それに、久保田さんのしごきに耐えたのだからという自信もある。ドリス・デイの「ケセラセラ」を飽きるほど聴かされている。

一週間後、久保田さんを新しい社屋に訪ねて、入社することを伝えると、久保田さんは言う。

「遠山に相談した結果なのかな」

いいえ、自分で決めた、と重吉はむっとして答える。それでいいんだ、と久保田さんは言うが、これからは自分が遠山さんよりも久保田さんの言うことを聞くようになるだろうと感じる。厄介払いをした、と遠山さんが清々した気持になってくれればいい。

入口のドアが開いて、ショルダーバッグを肩にかけた椙枝が春の微風（そよかぜ）のように飛びこんでくる。タータンチェックのスカートが揺れている。今日はハイヒールではなく、フラット・シューズをはいている。いっしょに日比谷で『くたばれ！　ヤンキース』を観たあと、銀座に出て買った靴だ。

「この春の流行なんですってよ」

と椙枝は言う。

「あなたの原稿料で買っていただくなんて、うれしいわ。はじめてね」

雑誌に翻訳した『慈悲の中味』の原稿料がはいったばかりだ。薄い茶のフラット・シューズは、椙枝が欲しがっていたのである。

「似合う？」

といま、向いあわせにすわって、椙枝が訊く。重吉は頷く。似合うから、昨日買ったんじゃないか。

「でも、この靴をはくと、脚が太く見えるのね。ちょっとがっかり」

と相枝は正直に言う。昔だったら、重吉は彼女の言葉を否定するところだが、いまは否定も肯定もしない。相枝も否定してくれることを期待してはいない。

フラット・シューズは『慈悲の中味』よりもだいぶ前から気になっていた言葉である。相枝がフラット・シューズと言ったとき、だから、重吉は驚く。「彼女はフラット・シューズをはいていた」という書き出しの小説を思いうかべる。ハーヴァードとラドクリフの学生の恋物語だ。

いつか、その『けしの香り』を翻訳してみたい。作者はまだ二十四、五歳のジョナサン・コゾル。この作家を知っている人はこの東京に一人もいないだろう。『けしの香り』を読んだことなど自慢にはならないけれど、未知の作家を読む楽しみがようやくわかりかけてきている。『けしの香り』はたまたま銀座のイエナ書店で見かけ、読んでみたくなって買いもとめたのだが、この手のペイパーバックは渋谷百軒店や神田神保町のペイパーバック専門の古本屋で見つかるはずなのに、その後、一度もお目にかかっていない。

ペイパーバックは一度読むと、たいてい頁がはがれてきて、ばらばらになってしまう。『けしの香り』は三度も読んだから、本がこわれてしまっている。碇さんの店でこの小説を見つけたら、かならず買うだろう。

『けしの香り』のヒロインはスージー・パーカーに似ている。

「あなたの好きな女性はみんなスージー・パーカーになってしまうのね」

と椙枝はからかうけれど、ハーヴァードの学生とクリスマス・イヴにアイドルワイルド空港からパリに飛びたつウェンディはたしかに、一時間に百二十ドルも稼ぐあのファッション・モデルに似ている。ウェンディという名前も気に入っているし、将来、犬を飼うようなことがあったら、牝犬ならウェンディにしようと思っている。

「こんなに朝早く会うのは、なかったんじゃない？」

と重吉に顔を近づけて、椙枝が言う。

「私、寝坊しそうになっちゃった。でも、出かけるとき、草や木の匂いがして、気持がよかったわ。春近き冬のころじゃなくて、すっかり春なのね。スプリング・ハズ・カムよ」

二人は吹きだす。椙枝が注文したコーヒーが届く。

「いい匂い」

と手にしたカップに顔を寄せる。

「ねえ、アメリカの朝の匂いじゃない？」

喫茶店の名がユタだから、そんな大げさなことを口にしたのだろう。しかし、コーヒーというと、重吉にとっても中米や南米ではなく、アメリカを意味している。そのイメージは『駅馬車』の呑んだくれの医者がブラック・コーヒーを何杯も飲むシーンや、二日酔のサム・スペードやフィリップ・マーロウなどがやはりブラック・コーヒーを飲むことから生れてきたのかもしれない。

今朝の椙枝はいつになく饒舌だ。

「ね、アイリーン・ダンの『ママの想い出』でも、バーバラ・ベル・ゲデスが高校を卒業したときに、はじめてコーヒーを飲ませてもらえるでしょう。コーヒーを飲んでいるとき、よくそのシーンを思い出すわ」

アイリーン・ダン、バーバラ・ベル・ゲデス――椙枝と話していると、アメリカの女優の名前が出てくる。重吉がアメリカの文学や推理小説や雑誌について遠山さんから多くのことを学んだように、椙枝もまた映画や演劇についておそわっているのだ。遠山さんはもっと遅れて生れてくるとよかったんじゃないか。見せてもらったことはないけれど、遠山さんはルイ・ジューヴェやチャーリー・チャップリンの真似が上手いそうだ。

いま、重吉は遠山さんから確実に離れていくことを感じている。そして、いつかは久保田さんから離れていくこともあるかもしれない。椙枝とはどうなのだろうという疑問がふっと心をかすめる。

重吉は自分がこれから先どうなるか、見当もつかない。つい十日ほど前までは、就職することなどまったく考えていなかったのだ。サラリーマンにだけはなるまいと思っていたのに、久保田さんにすすめられ、遠山さんに賛成されただけで、深く考えることもせずに決心する。どうせ計算したって、重吉の計算は合うことがない。それで高を括って、後悔することばかりしてきたような気もする。就職は重吉にしては上々の選択かもしれない。椙枝は就職に賛成している。定収入があるからというのがその理由らしい。

「履歴書を書いて、久保田さんに送った」

と重吉は椙枝の前で照れる。

「生れてはじめて書いたんでしょう。そして、きっと最後になるんでしょうね。あなたの履歴書、賞罰は無しでしょう」

重吉は二枚目のトーストを食べおわる。ミルクコーヒーも飲んでしまっている。これから、椙枝が見つけてきたアパートを四谷若葉町まで見にゆくのだ。出版社に勤めようと心に決めたとき、重吉は高田馬場の住まいから引越したいと思っている。父からはもう逃げだして、自分一人の生活をはじめたい。

「お父さまがかわいそう」

と椙枝は父に同情するけれど、重吉は父に束縛されているという被害者意識しかない。久保田さんに父のことを話したとき、この苦労人から言われる。

「君は被害者の顔をしているけれど、本当は加害者だよ。どうだい、当っているだろう」

しかし、父もほっとするのではないかとも重吉は思う。遠山さんが重吉について厄介払いができたと思っているかもしれないように、父もまたさっぱりした気持になるのではないか。

相枝は一日がかりで四谷のアパートを見つけだす。勤めるなら、近いところがいいだろうと彼女は思ったらしい。四谷でなければ、東中野あたりがいいんじゃないかしら、と重吉に言っている。

「おそすぎた独立ね」

と相枝は笑う。

「僕は人より五年か十年おくれているみたいだ。それで、いつも申訳ない気がしている」

相枝はコーヒーを飲みおえる。

「さあ、出かけましょうか」

二人は同時に立ちあがり、ユタを出て、駅のほうへ行く。巴鮨の前まで来ると、相枝はのれんの出ていない店さきに目をやる。

「引越してしまうと、寅さんに会えなくなるわね」

巴鮨の主人である寅さんは、重吉が高田馬場で言葉をかわした数少ない人の一人だ。相枝と重吉が行くと、いくら食べても、寅さんの勘定はいつも同じである。

道を横断しながら、椙枝は尋ねる。

「高田馬場をはなれるの、淋しくない？」

淋しくはない、と重吉は答える。未練もない。

「恥かしい生活から抜けだせるような気がするんだ」

四ツ谷駅に着くと、二人は若葉町のほうへぶらぶらと歩いてゆく。椙枝に聞いた話では、六畳一間にちっぽけな流しがついたアパートである。家賃が六千円だから、もちろん、風呂はないが、都電の走る通りをへだてたところに銭湯がある。四ツ谷駅まで歩いてせいぜい十分の距離だし、中央線の急行を利用すれば、神田まで十分もかからないから、アパートから三十分たらずで出勤できる。

若葉町の、都電の停留所のところを左に折れて、二十米（メートル）ばかり行くと、新築のアパートがたっている。平屋を増築し、その上に二階を乗せたのだ。

椙枝が玄関の戸を開けると、なかから小柄なエプロン姿のおばさんが姿を現わす。挨拶をすませて、椙枝は、この方ですの、と重吉を紹介する。おばさんは一瞬けげんそうな顔をする。

「ご夫婦じゃないんですか」

と二人は訊かれる。

「まだなんです」

つい、重吉はそう言ってしまう。椙枝がびっくりしたように彼の顔を見上げる。フラット・シューズだから、今日の椙枝は背が低い。

おばさんはさっそく二人を二階に案内する。階段は人ひとりしか通れないほど狭くて急だ。二階にあがると、北側が廊下で、左側に一間の部屋が並んでいる。全部で五室。そのまんなかの部屋をおばさんは見せてくれる。日当りがいい。重吉は部屋のなかを見まわして、本を整理しようと思う。読みたい本、必要な本だけ、ここに持ってくることにしよう。

「いいでしょう」

と椙枝が訊くので、重吉は頷く。

「よかったわ、気に入ってくださって。自信はあったんだけれど、不安でもあったのよ」

椙枝がおばさんとの交渉をすべて引受けてくれて、手付金を払う。そのあと、二人は四ツ谷駅に引きかえし、渋谷に行く。午後から椙枝は桜ケ丘の稽古場で稽古があるのだが、時間はたっぷりある。

「慣れない交渉で、くたびれたわ。コーヒーでも飲まない？」

渋谷駅で椙枝が誘う。二人は何日ぶりかでトップに行く。顔なじみの細面（ほそおもて）の店員が笑顔で迎えてくれる。午前中だから店はすいている。重吉は窓ぎわの席に腰をかける。どうしてカウンターじゃないの、と椙枝が目で尋ねるが、重吉と向いあわせにすわる。

「コーヒーをくださいな」

と椙枝が店員に言いつける。

重吉は咳ばらいをして、椙枝に言う。

「あのアパートにいっしょに住まないか」

椙枝は目を大きく見ひらいて、重吉をみつめる。

「結婚するの？」

「そんな堅苦しいものじゃなく……」

と言って、重吉は笑いだし、椙枝も釣られて笑う。

重吉は、椙枝が井之頭公園で言った「私たち、結婚しなければね」が頭にある。それを実行する時がやっと来たと思っている。自分がそのように努力したわけではなく、周囲の力で、時期が来たらしい。

「式はあげるの」

と椙枝が声をひそめる。

「遠山さんのお宅に行って、いっしょになるということを報告したら、どうだろう」

椙枝は考えこむ。

「いいわね」

とやがて彼女は言う。

「でも、劇団のみんなに言われているの、披露宴をするんだったら、稽古場でしなさいって。みんな貧乏だから、会費は一人百円にして」

重吉はうれしくなる。

店員がコーヒーをそっとテーブルにおいてゆく。二人が大事な話をしていることに気がついているらしい。

気がかりなことが一つ残っている。椙枝の両親がいまだに反対していることだ。重吉がそれをただすと、椙枝はきっぱりと言う。

「私、家を出ます」

彼女の伏せた目から涙がこぼれる。重吉は小声で有難うと言う。

椙枝が顔を上げたとき、微笑が浮かんでいる。

「私、とんでもないことをしちゃうみたい。いいわ、あなたに決めていたんだから。あなたは？」

「僕も決めていた」

と答えたけれど、自分の言うことがすべて間が抜けて聞こえる。

「長かったわ。ずいぶん長かったわ」

重吉は頷く。

「一時はどうなるかと思った。正直に言うと、親の言うことが正しいんじゃないかと思ったこともあったのよ。いまだって、そう思っているところがあるの。でもねえ、あなたがいないと――」

また、椙枝はうつむいてしまう。

「女のひとってみんなおんなしだと思うわ」

まるで別れ話をしているかのようで、椙枝もそのことに気がついたのか、再び笑顔にもどる。その顔を美しい、と重吉は思う。自分が手の触れないところはない、知りつくした顔。

「本当は、私、うれしくてたまらないのよ。きっと、ずうっと待ってたんだと思うわ。お嫁に行くときや、新婚旅行に行くときの服装をよく想像したものよ」

「時期は五月の末ごろがいいんじゃないかな。そのころになると、僕も編集の仕事を少しはおぼえて、余裕ができるだろう」

「ええ。着るのは決っているの。あなたが訳したがっていた『夏服を着た女たち』のように、サマー・ドレスにする。黄色のサマー・ドレス。私に似合うかしら」

君ならどんな色だって似合うさ、と重吉は言ってやりたい。とくに黄色は。黄色のサマー・ドレスか、いいなあ。しかし、彼は椙枝の顔をみつめながら、何かに祈りたい気持になっている。これからが大変なんだ、神さま、どうか私たちをお守りください、と心のなかで叫びたい。

初出掲載

遠いアメリカ　「小説現代」一九八五年七月号
アル・カポネの父たち　「小説現代」一九八五年九月号
おふくろとアップル・パイ　「小説現代」一九八五年一一月号
黄色のサマー・ドレス　「小説現代」一九八六年四月号

P+D BOOKS ラインアップ

夢の浮橋　倉橋由美子　●両親たちの夫婦交換遊戯を知った二人は…

城の中の城　倉橋由美子　●シリーズ第２弾は家庭内〝宗教戦争〟がテーマ

公園には誰もいない・密室の惨劇　結城昌治　●失踪した歌手の死の謎に挑む私立探偵を描く

山中鹿之助　松本清張　●松本清張、幻の作品が初単行本化！

白と黒の革命　松本清張　●ホメイニ革命直後　緊迫のテヘランを描く

花筐　檀一雄　●大林監督が映画化、青春の記念碑作「花筐」

P+D BOOKS ラインアップ

人間滅亡の唄　深沢七郎　●〝異彩〟の作家が「独自の生」を語るエッセイ集

アニの夢 私のイノチ　津島佑子　●中上健次の盟友が模索し続けた〝文学の可能性〟

楊梅の熟れる頃　宮尾登美子　●土佐の13人の女たちから紡いだ13の物語

記憶の断片　宮尾登美子　●作家生活の機微や日常を綴った珠玉の随筆集

幼児狩り・蟹　河野多恵子　●芥川賞受賞作「蟹」など初期短篇6作収録

ウホッホ探険隊　干刈あがた　●離婚を機に始まる家族の優しく切ない物語

P+D BOOKS ラインアップ

海市	福永武彦	●親友の妻に溺れる画家の退廃と絶望を描く
風土	福永武彦	●芸術家の苦悩を描いた著者の処女長編作
夜の三部作	福永武彦	●人間の〝暗黒意識〟を主題に描く三部作
夢見る少年の昼と夜	福永武彦	●〝ロマネスクな短篇〟14作を収録
加田伶太郎 作品集	福永武彦	●福永武彦〝加田伶太郎名〟珠玉の探偵小説集
廃市	福永武彦	●退廃的な田舎町で過ごす青年のひと夏を描く

P+D BOOKS ラインアップ

書名	著者	内容
罪喰い	赤江瀑	● 〝夢幻が彷徨い時空を超える〟初期代表短編集
春喪祭	赤江瀑	● 長谷寺に咲く牡丹の香りと〝妖かしの世界〟
おバカさん	遠藤周作	● 純なナポレオンの末裔が珍事を巻き起こす
宿敵 上巻	遠藤周作	● 加藤清正と小西行長　相容れぬ同士の死闘
宿敵 下巻	遠藤周作	● 無益な戦。秀吉に面従腹背で臨む行長
銃と十字架	遠藤周作	● 初めて司祭となった日本人の生涯を描く

P+D BOOKS ラインアップ

P+D BOOKS ラインアップ

タイトル	著者	内容
都心ノ病院ニテ幻覚ヲ見タルコト	澁澤龍彥	●澁澤龍彥が最後に描いた"偏愛の世界"随筆集
秋夜	水上勉	●闇に押し込めた過去が露わに…凛烈な私小説
五番町夕霧楼	水上勉	●映画化もされた不朽の名作がここに甦る!
やややのはなし	吉行淳之介	●軽妙洒脱に綴った、晩年の短文随筆集
焰の中	吉行淳之介	●青春=戦時下だった吉行の半自伝的小説
男と女の子	吉行淳之介	●吉行文学の真骨頂、繊細な男の心模様を描く

P+D BOOKS ラインアップ

（お断り）

本書は１９８９年に講談社より発刊された文庫を底本としております。

あきらかに間違いと思われるものについては訂正いたしましたが、

基本的には底本にしたがっております。

また、底本にある人種・身分・職業・身体等に関する表現で、現在からみれば、

不当、不適切と思われる箇所がありますが、著者に差別的意図のないこと、

時代背景と作品価値とを鑑み、著者が故人でもあるため、原文のままにしております。

常盤新平（ときわ しんぺい）
1931年（昭和６年）３月１日―2013年（平成25年）１月22日、享年81。岩手県出身。1986年『遠いアメリカ』で第96回直木賞を受賞。アーウィン・ショー『夏服を着た女たち』の翻訳者としても名高い。

P+D BOOKS

ピー プラス ディー ブックス

P+Dとはペーパーバックとデジタルの略称です。
後世に受け継がれるべき名作でありながら、現在入手困難となっている作品を、
B6判ペーパーバック書籍と電子書籍で、同時かつ同価格にて発売・配信する、
小学館のまったく新しいスタイルのブックレーベルです。

遠いアメリカ

2018年2月11日　初版第1刷発行
2023年8月30日　第4刷発行

著者　常盤新平
発行人　石川和男
発行所　株式会社　小学館
〒101-8001
東京都千代田区一ツ橋2-3-1
電話　編集　03-3230-9355
販売　03-5281-3555
印刷所　大日本印刷株式会社
製本所　大日本印刷株式会社
装丁　おおうちおさむ（ナノナノグラフィックス）

ISBN978-4-09-352329-5

P+D BOOKS